不只是朋友

橘子作品25

Never or Forever

自序

故事

故事完成三分之二左右的時候，我突然湧起這樣的感觸：我就要失去它了，這本好久不見的幸福純愛作品：不只是朋友。

而這眞的是很神經，今年已經是我寫作邁入第十年了，早已經習慣開啓一個故事，然後完成它，最後把它交出去，經由出版社、印刷廠以及通路之後，呈現在所有買下它的你們手中。早已經習慣了的過程，卻在故事完成三分之二左右的時候，突然湧起這樣的感觸，這故事就快要不再完全屬於我了，我和它不再是那麼的緊密相連：它依賴我完成，我爲了它而存在，在完全私密的寫作過程當中，我們如此緊密依存，直到完稿，把故事交出。

我想起張惠菁在《告別》這本書裡寫下的文字：

有時候我會寫到我身邊的一些人。他們活著，吸收這個城市的廢氣，對我笑，跟我告別。

吵架，轉身離開，變成我不認識的人。

總是要在一段時間之後，我才明白。當初寫他們，就已經開始對他們告別。

我總是會寫到身邊的人，認識的，只有一面之緣的，甚至只是聽到的轉述，然而再明白不過的是：我寫的，也不眞正是他們，而是我想像中的人物，爲了虛構的故事所存在的產物。我想起有幾年的時間，我甚至常常因此十分不悅，甚至很困擾究竟該如何解釋，才能讓對方眞明白、他/她眞的眞的並不存在於我的故事裡、更不是我筆下的人物，他們是存在於他們自己的人生裡、而非我的故事裡。

後來我慢慢調適，最後，我放棄了解釋。

然而，這本書的出現以及產生，確實是得感謝我的國中同學，還有facebook。當我們在fb重遇之後，這本書就這麼躍出我的指間、取代原本我想寫的故事，原本已經寫好三個章節的故事，就因此而作廢。不過，還是請讓我再廢話一次：這是個虛構的故事，存在著虛構的人物。

而最後我想說的是：這不是一個悲傷的故事，它甚至有點賤賤的好笑，我不太覺得看完這個故事會讓任何人掉下眼淚，除非，它觸碰到了你/妳人生中確實發生過的回憶。

橘子

眞的想好好愛一個男人，
是個束手無策的大工程。
——江國香織，《準備好大哭一場》

第一章

喜歡一個女生卻又不知道該怎麼告白，尤其擔心告白失敗會很沒有面子、自尊受創的話，假裝要幫她介紹男朋友、絕絕對對會是個好主意；一來可以藉此知道她喜歡的男生類型會不會剛好就是我自己，二來則不管她喜歡的男生類型是不是剛好就是我自己、都要故意介紹一個（或許兩個）很弱的男生讓她打槍，如此才能在她眼中顯得自己很優然後大大加分。所以，當然，不能把交情太好的哥兒們介紹過去當這槍下魂，畢竟再怎麼重色輕友心眼壞也該有個限度的、我的意思是。

所以這會兒我就這麼試著問小艾：

「喂！劉艾波，我幫妳介紹男朋友要不要？」

『喔，我看你八成是愛上我了，不如就這樣，你直接介紹你自己來當我男朋友好了。』

如果小艾是這麼直接回答的話、那就太美妙了，只可惜認識小艾的這一陣子以來，我發現到她雖然外表甜美開朗但個性卻硬是難搞難纏，這麼說心儀的女生實在很不應該，不過劉艾波這個女的確實就是這麼一回事沒錯。

果眞，帶著此地無銀三百兩的甜美笑容，小艾愉快的說：

『喔，好啊。』然後，你看，馬上：『可是我有香港腳耶。』

「拜託喔，我是跟妳說眞的啦。」

『眞的啊，不信你檢查！』

踢掉高跟鞋，也不管這店裡還有其他客人正在坐著吃東西喝啤酒，小艾就這麼把腳丫子湊到我鼻頭，然後彷彿這才是重點似的得逞了哈哈大笑。

眞是夠了。

『爲什麼泡泡我不過去撒泡尿回來，畫面就變得這麼奇怪？』

『何銘彥說要幫我介紹男朋友。』終於肯把腳收回高跟鞋裡，小艾告狀似的說。

「然後你老妹就抬起腳來親我的鼻子，誰可以解釋這中間我有漏掉什麼嗎？」

把杯子裡的啤酒喝乾，我沒好氣的接話。

『死心吧你、何同學。』

在泡泡說這句話的同時，我的心臟也幾乎就要狂奔衝上扁桃腺了！他看出來了嗎？該死！而小艾也看出來了嗎？早就？該死該死！而且他們兄妹倆還在私底下討論過了嗎？討論我明明暗戀小艾而且還憋得要命但卻硬是每次每次都不敢告白還假意要幫她介紹男朋友而且還都是淨找替死鬼炮灰？該死該死該死該死！

回過神來，泡泡正在說：

『都跟你講幾次了、何同學，我妹她啊、根本就對談戀愛興趣缺缺，乾脆幫我介紹男朋友吧！』

「泡泡、你閉嘴。」

『幹嘛要這樣？口氣差眞多。』梳了梳長睫毛，泡泡一點想要閉嘴的意思也沒有的哇啦啦繼續說道：『泡泡我呀，就喜歡笑起來酒渦很深然後胸肌大塊的男生，或者是有錢的品味老gay也是可以的喲！』

「你閉嘴、泡泡！」

『重點是年紀不可以比我們小太多喲，不然撒起嬌來會好奇怪的，我說人啊、爲什麼想談戀愛，無非就是想要能夠有個可以盡情撒嬌的對象嘛，呵～～』

「呵個屁，閉嘴！」

沒完沒了、眞的是，不理他、我乾脆結束這話題：

『你們要走了嗎？還是再來一杯？』

『再來一杯！』

這對兄妹異口同聲的說。

第二杯蜂蜜啤酒上桌。

從去年的某個星期日下午，我們三個人第一次坐在這裡開始，這習慣好像就這麼無須言說的成形了：每個星期日下午三點鐘，我們三個人就會坐在這裡分享兩盤炸薯條以及各自喝掉兩杯500c.c.的蜂蜜啤酒還有瞎聊些不經大腦思考的亂糟糟沒營養廢話、好淨化彼此的心靈，彷彿如此一來才能夠有繼續把下一星期過掉的動力；沒有一天例外，打從我們三個人第一次坐在這裡喝啤酒、吃薯條、瞎聊天開始的那個宿命似的星期日下午開始，沒有一個星期日的下午、我們不是一起坐在這裡度過的。

有夠奇怪的友情，每次想起這我們三個人的星期日下午時光，我總是沒辦法不這麼想。

我和泡泡是高中同學，不過我很懷疑我們高中三年到底有沒有跟彼此說過一句話。我始終記得開學第一天在班上看到泡泡這傢伙時，心底就立刻有種『此人非我族群並且敬而遠之爲妙』的意識感。

泡泡這傢伙從高中開始就長得太漂亮而且打扮太時髦尤其作風太騷包，他外表明明可以是偶像劇裡那些迷死一缸子女生的花美型男，但他一開口說話卻偏偏要像個搞笑諧星，這種男生在女孩子堆裡絕絕對對是個會導致戀愛市場嚴重失衡的殺無赦，但天見猶憐的是泡泡喜歡的反正也不是女生而是男生，而且他很騷包，我知道我已經提過了但我就是忍不住要再提一次。

這個騷包泡。

當我們每個人都還在乖乖擠公車上下學的時代，這傢伙就開始風騷的開車來上課然後再開車到髮廊打工當洗頭弟。

當時班上有同學忍不住好奇問他爲什麼要開車上下學、難道不怕無照駕駛被警察逮嗎？結果這傢伙直接了當的回答：

『泡泡我呀，就是物色到每天經過的十字路口有個交通警察帥到爆！所以才故意每天無照駕駛經過他，看能不能哪天被他逮個正著還逮出個火花來，呵！』

要命。

而至於我們的班導師關心的則是爲什麼他每天晚上都要到髮廊去打工是不是家裡沒有錢可是看起來明明就不是反正重點是這樣怎麼準備考大學呢？結果這傢伙當時是這麼個回答：

『因爲我家阿爸不允許我讀美髮科，可是泡泡我呀又眞的好想只想當髮型設計師喲，所以沒辦法就只好這麼折衷著了：十八歲以前歸他管，十八歲以後泡泡我就要好好做自己了。』

發現沒有？我眞的很受不了他老是在話裡夾雜著泡泡我呀泡泡泡泡！是什麼樣的人

會習慣在話語裡以第三人稱稱呼自己呢？

非我族群，敬而遠之，高中三年，沒說過話。

而後來之所以會和非我族群而且最好敬而遠之的泡泡重新聯絡上而且還變成是朋友，完完全全、有夠單純的只是因爲小艾，或者就讓我們這麼坦白的直接說是：男性荷爾蒙。

阿逵的男性荷爾蒙，一開始是。

事情是這樣的，有天阿逵突然虛情假意的約我去吃西堤而且還是他要請客，因爲已經認識這傢伙三年有了，所以當牛排吃完一撤下，不等他說、我就自己問了：

「好啦、說吧，這次你又要我幫你追哪個妹？」

『你有個高中同學叫作泡泡——』

阿逵話沒說完，我就爆笑開來：

「他是長得很漂亮沒錯，不過泡泡是男的啦、白痴喔！」

『我知道啦，』阿逵說，他心虛的又說：『我後來知道了啦。』

然後阿逵就說啦，有天他不但是無聊到發慌並且還沒來由的深深感覺到如果再交不到女朋友他就會死，於是他老子就這麼一個個的逛起每個人的facebook，接著還嫌不夠的逛起每個人的好友名單的facebook，並且還是嫌不夠的再逛起這些好友名單的好友名單……如此這般，沒完沒了。

「沒完沒了，」打斷他，我說：「就是這麼沒有隱私，所以我後來都不上了，我看總有一天要把這帳號刪掉才行。」

『萬萬不可啊！』

「此話怎麼說？」

此話這麼說：

就是在這麼漫無目的的逛啊逛的時候，這一直交不到女朋友而且那天突然深深覺得如果再交不到女朋友他就會死掉的色胚阿達突然被個帳號給吸引了目光，而此人恰恰好就是我好友名單裡的好友的好友名單的泡泡。

『我承認一開始以爲泡泡是女的，而且是個正妹。』趕在我開口海虧他之前，阿達快快的又說：『反正我就是停了下來逛他的facebook，然後在相簿裡發現到Oh God的！』

「什麼東西Oh God的？」

『泡泡他妹妹Oh God的。』

「我沒看過他妹妹，而且我跟他不熟，」再說照片又不準。「再說照片又不準。」

『所以我才更要看看她本人是不是像照片那樣正啊！』

「如果本人只是夢一場咧？」

『那我也認了。』

「眞感人。」想了想，我打鐵趁熱的假裝順道這麼提：「你期中報告寫了沒？」

『你眞的是很賤。』把剛送上的冰咖啡一口氣喝了乾，阿逵壯士斷腕的說：『幫我牽個線，然後見到面，報告幫你寫。』

「成交。」

看吧，男人爲了荷爾蒙所願意做出的努力是很感人的。

結果比我想像中的還要簡單，簡單到簡直無以復加的程度。

我重新登入facebook、對泡泡發出加入好友的邀請，他接受了；我寫了封簡短的信簡短敘舊，他回信了，還開開心心的寫道他現在已經是設計師了，只花了一年半的時間就出師了喲，是不是很厲害啊？信裡泡泡這麼表示著，高中三年對他的記憶也因爲這句——只花一年半的時間就出師了喲，是不是很厲害啊——而重新鮮明了起來，鮮明到簡直想要立刻找他出來揍一頓。

接著我強忍住想揍他的不悅感、再回信先恭喜他，還模仿他的語氣也外帶一句：你眞的好厲害喲！然後立刻直接說明有個朋友很想認識他妹妹，最後附上阿逵的連結；而這次泡泡回信得比較快，非常快，而且這次的回信也省去了寒暄問候和所有的一切，泡泡只直接了當的寫道：照片看不太清楚，不過這位阿逵同學的胸肌大塊嗎？

我當下認定泡泡應該是在開玩笑鬧著玩，所以我也這麼回信啦：胸肌是沒有仔細看過，不過每次打籃球的時候都會被阿逵的二頭肌撞到下巴有夠痛。

而，這是泡泡的回信：

我們見面吧，要約在有啤酒的地方喲，因爲我妹不愛出門，只有啤酒才能讓她出動。

所以，這就是我對小艾的第一印象：喜歡大胸肌的女酒鬼，要命！

要命的兄妹檔。

要命的錯。

後來我才知道，確實小艾是眞的只有啤酒的場合才肯出門赴約，但前提是還得有她哥哥同行才可以，啤酒和泡泡，缺一就不可。

然後我還知道，那天被小艾狠狠電到的，不只是阿逵，還有我自己。

並且我也知道，關於胸肌還有二頭肌，根本就是泡泡替他自己問的。
同時我們知道，不到一杯啤酒的時間，阿逵就被直接了當的打槍了。
『你不是我的菜，但還是謝謝你的愛。』
面對阿逵殷勤的告白，小艾的回答是這樣，就這樣。
帥啊。

在男廁裡，隔著一個小便斗，泡泡語帶埋怨的秋後這麼算著帳：
『何同學，傳說中的二頭肌咧？』
巧妙的挪了個角度好儘量不讓泡泡瞥到我的命根子，我學小艾的直接了當，說：
「騙你的，怎麼樣，哈哈哈哈。」
『無恥。』泡泡說：『我記得你高中的時候沒有這麼賤的。』
「說眞的，二頭肌是你的要求還是你妹的？」
『泡泡我的，怎麼樣，哈哈哈。』
「我倒是記得你在高中的時候就很賤。」
『隨你怎麼說。』
「對了，趁記得時我想問你：我們高中三年有說過一句話嗎？」

『沒有，不過沒想到我們居然滿處得來的嘛。』

「嗯。」

『嗯。』

同時抖了抖，然後拉拉鍊，移位到洗手台前面，我再問他：

「那，下次還可以再一起喝啤酒嗎？大設計師。」

還好我補了最後那四個字，因爲眼前這大設計師立刻就從搖頭變成點頭：

『我看難喲。』

「爲啥難喲？」

『小艾她啊，不會和對她有意思的男生當朋友的，徹底封鎖都來不及了，還一起喝啤酒咧。』

「爲什麼？」

『那太麻煩了，她會這樣說。』

那就只好對不起阿逵了，我當下立刻這麼決定。畢竟對敵人仁慈就是對自己殘忍，孫子兵法還什麼的不就這麼告訴過我們了嗎？尤其又是這麼一場荷爾蒙戰爭。

於是我提議：

「但我們還是可以一起出來喝個啤酒什麼的，我指的是沒有阿逵。」

『好啊，不過泡泡我只有星期日休假喲。』

「沒問題。」我說，並且為了明確指出這裡的我們指的是包含有小艾的我們而且不再被泡泡二連陰，於是我好誠心誠意的補了這麼一句：「不過為了防止別人以為我們是一對、因而妨礙到你被搭訕，所以找小艾一起來吧？嗯？」

『少以為我不知道你這賊小子的小賊腦裡打的什麼鬼主意。』

本來我以為泡泡會這麼說，但是還好他沒有，泡泡只是把這話想了想，然後說：

『這倒是，多帶小艾出來走走也好，不然她買那麼多漂亮衣服都沒有穿出來亮相也是滿浪費。』

還好。

還好那天和泡泡一起去上廁所的人是我，還好那天在小便斗旁邊這麼問了泡泡，還好。

所以現在，我坐在這裡，喝著啤酒吃著薯條，望著坐在我對面的小艾，明明愛她很愛她愛到身體都痛了，但卻只能假裝自己對她一點意思也沒有，假裝。

假裝。

第二章

再不戀愛我會死！！

當初是因爲阿逵的這個哀嚎，所以我認識了小艾、還被她電慘了卻要憋著假裝我們只是個朋友，可是如今這哀嚎的苦主卻反而變成了是我：再憋下去我會死！

『這就叫作現世報。』

在吃到飽的週五晚餐夜裡，聽了我告白自己也被小艾狠狠電到、而且還當機立斷踢他出局，然後再假裝自己對小艾一點意思也沒有的欺敵戰術之後，阿逵這會兒正幸災樂禍的這麼說。

隨他怎麼說，我自顧著又說：

「而且越是相處我就越是狠狠更愛她，我懷疑再這麼憋下去的話，我遲早會走上人格分裂這條路。」

『活該。我眞高興自己是直接被她KO掉，這樣起碼死得比較痛快。』

「拜託，我們那時候正在撒尿，我哪有那麼多時間考慮。」

『那後來你還是有機會直接告白然後陣亡啊。』

「你很賤。目前只是戰況不明，誰說我一定會陣亡？」

『這是遲早的事啦。』

「去死吧你。」

『我確實死得痛快啊，同學，起碼好過你，愛得活像癌症末期。』

「閉嘴。」

『爲什麼你會覺得再不戀愛會死掉？』

始終坐在一旁沉默的嗑著蝦子的胖打（因爲胖得很欠打，而且體型活脫脫就是人類版的**Panda**貓熊，所以外號叫胖打）突然冒出這個問題問我們，眞難得這傢伙會對食物以及線上遊戲之外的話題感興趣。

「因爲荷爾蒙爆炸。」

『荷爾蒙會爆炸？』

胖打看起來很擔心的樣子。

「嗯，這道理就像是你一直沒有出清存貨然後堆在倉庫裡然後一直累積累積累積，到最後當然就會爆炸，你沒有發現自己那裡越來越——」

『你不要嚇他好不好？』巴了一下我的頭，然後阿逵中肯的說：『因爲我們明年就要大學畢業了，可是我還沒有談過戀愛，只要一想到這件事情，我就會覺得再不談戀愛我會死掉。』

『可是我不會這樣覺得啊。』

『所以你是阿宅我不是啊，而且我不但很高興我不是，而且我還很害怕我會變成是。』

「你不要虧他好不好？」回巴了阿逵的頭，然後我中肯的說：「愛情沒到的時候，你求也求不來；愛情來到的時候，你躲也躲不掉。」

說完，我立刻發現到這番話好像太文人了而不適合我們這三個工學院男生聊，而氣氛果真也因此矮油了起來，於是我趕緊用我們的談話水準（也就是沒有水準）補充說道：「換句話說，就像是缺水的時候，政府再怎麼求神拜天也沒用，然後誰知道突然的雨來了，而且還是在兩天裡倒足了整一年的雨量——」

『你白痴喔！鬼扯什麼降雨量，害我聽得想尿尿。』

『你才智障咧！再去拿一盤炒蝦啦！都被死胖這隻豬吃光了。』

然後話題就被轉了走，在我和阿逵這白痴來智障去的沒營養對話裡，我們誰也沒把胖打正在默默說的這一句什麼聽進耳裡、放進眼裡、想進心裡，我們只是繼續自顧著剝蝦吃蝦聊小艾。

『那你是打算演到什麼時候？爆炸為止嗎？哈～～』

「謝謝你的祝福喔。去死啦！」我說：「就設定在畢業那一天吧！反正到時候也差不多就要去當兵了，沒可能再每個星期日下午一起吃薯條喝啤酒，沒辦法再見面的話、自然感情也就會淡掉了吧。」

『聽起來好可憐，幹嘛不直接死個痛快？』

「去死吧你、再一次。」

『我希望可以抽到台南的單位，這樣比較近。』

「什麼東西比較近？」我問胖打，呃，禮貌上問一下，然後繼續和阿逵聊小艾：「也有可能在這之前我就遇到我的眞命天女啊，搞不好比她更正咧！而且小艾眞的太難下手了，認識這麼久，我居然連她的電話都還要不到。」

『這麼弱？』

「根本就不是我的錯。」

根本就不是我的錯。記得那一次有夠若無其事的向小艾要電話時，結果她沒有懷疑沒有拒絕但也沒有答應的只是說：我的手機簡直跟答錄機沒兩樣，打給我哥找我還比較快。

聽完之後，阿逵說：

『太強了。』

「沒錯，而且你曉得我們唯一獨處的機會是什麼嗎？泡泡去上廁所的那短短幾分鐘，還眞的是以時間換取空間咧。」

『笑死我實在，往好處想：還好啤酒很利尿。』

「謝你喔。」咕！「有夠難把這女的。」

『我想我是遇到了。』

『你遇到什麼鬼？』阿逵問他，嗯，也是禮貌上問一下，然後繼續和我聊小艾：

『按照你的劇本聽下去，是不是接著到時候換她發現自己愛上你啊？然後你還——』

『我談戀愛了。』胖打說。

「你有沒有聽到他說什麼？」

避開胖打的視線，我問阿逵。

『好像是說他戀愛了。』

避開胖打的視線，阿逵回答我。

「不可能。」

『眞的嗎？』

『嗯，我戀愛了。』

「……」

『……』

是線上遊戲認識的網友，胖打開始說。一開始只是聊啊聊、就像天底下所有的網戀一樣，接著有一天呢，這女的說她有事上台北、要不要約出來見面？

『雖然明知不妥，結果肯定只是被見光死，但我還是說好啊，反正都已經決定好失敗也沒關係了，所以幹嘛不去試？而且重點是那天我眞的很想吃肯德基，我們約了去吃肯德基。』

『重點不是肯德基！』阿逵歇斯底里的吼，然後低聲下氣的求：『拜託告訴我、你被見光死。』

『沒有，她說她喜歡憨厚型的男生，她之前的男朋友對她很壞，很愛賭還什麼的，而且還好像會打她。』

「拜託告訴我她是隻恐龍。」

『不能說很正，但還算是可愛。』

『拜託告訴我，這一切只是你幻想出來的！然後這餐我請你！拜～託～』

『要不要看我們的合照？我上星期去台南找她時拍的。』

『憑什麼你有女朋友我沒有！』

再一次，阿逵哀嚎了起來，而我，則哀傷的說：

「去唱歌吧，我來打電話訂包廂。」

『我要唱陳奕迅或李聖傑或林俊傑或者乾脆就陳小春的〈男人與公狗〉這首歌一直一直一直一直給它唱下去唱到我有女朋友為止！』

然後，媽的，胖打說了這一句壓垮我們的最後一根稻草：

『喔，這次我就不跟了，明天要早起去台南找我女朋友，所以今天要早點睡。』

去死吧、胖打。

於是隔天我——

『喲，同學，終於想通了下定決心來給大設計師剪帥帥了呀？』

剪帥帥，了呀。他實在應該改名叫作泡打才對，因為到底該如何才能忍住不揍他？

「你幾點休息吃晚餐？要不要一起？」

『哎～～雖然是這時間，但泡泡我眞不巧才剛吃過。』

接著又是一大串關於髮型設計師這工作有多麼辛苦、工作時間有多麼的長並且休假又是多麼的不正常、簡直就沒辦法找人約會的抱怨轟炸之後，他老子才終於問：『今天要做什麼消費呀？何同學。』

「剪加染好了。」

這樣時間比較夠，畢竟跟泡泡講話一向是很難直接切入重點。

『那麼，想來個什麼帥帥髮型呀？』

「我發誓你再跟我說一次帥帥這兩個字我就把你揍成電棒燙！」我想這麼說，但我沒這麼說，我眞正說的是：「你決定就好。」

我說，接著下一秒，我眞眞寧願我沒這麼說，因爲這傢伙又就著這話題哇啦啦唏嘩嘩的抱怨起那些抱著雜誌又或者剪下的雜誌髮型上門的顧客有多麼多麼的靠背。

『……什麼叫作剪出來跟雜誌上完全不一樣！泡泡我眞的是聽幾次就火大幾次！』泡泡還在說，雙手扠著腰氣壞了的說：『問題不是髮型是長相！所以看起來當然沒可能一樣呀！除非去整型嘛你說是不是？』

「我說是。」

『搞不清楚狀況嘛！那些小王八蛋羔子，壞透了眞的是！生來糟蹋人——』

趕緊打斷他，我說：

「說到愛馬仕——」

『誰有說到愛馬仕？』

「我正要說。」

『喔，請說。』

所以啦，我就把昨天晚上這悲傷過了頭之後的急中生智靈機一動告訴泡泡：

「前幾天陪我姐去愛馬仕給她的包包買絲巾時，看到那個櫃哥長得眞是沒話說的帥，潮男一枚眞的是，品味有夠讚。我姐還說和這種男人約會的畫面一定很像在演電影。」

然後，又來了：

『你幹嘛那麼愛替我妹介紹男朋友呀？就跟你說——』

打斷泡泡，我眨了眨眼睛，暗示性極強的說：「這我可不確定。」

『那你意思是？』

「雖然我的男同志朋友就你這一個，所以對某人是不是男同志實在判斷不來，但我姐和我都覺得這位品味很好的潮男一枚的愛馬仕先生感覺好像是，不過當然我們不方便直接就問他。」

他看起來是心動了，而且是正在心動中。

「而且我一看到他就想到你，品味超優又潮男一枚的泡泡同學你，你倆擺在一起的畫面才眞眞算是演電影。」

此時我彷彿可以從鏡子裡看出泡泡腦子裡的桃色小泡泡，果不其然，他老子先是嚷嚷著他才沒有很喜歡櫃哥因爲這個那個那個這個，但隨即話題一轉他又說到不過剛好他們的工作時間都差不多，這麼一來安排約會倒是比較方便——

『好啦，我下班後就順道過去替何姐姐鑑定一番好了。哪間愛馬仕？』

「我們明天喝酒附近的那間愛馬仕。所以你何不明天就近過去瞧一眼，嗯？」上。鉤。了。

他顯然心癢難耐等不及：

『反正泡泡我九點就下班、那他們十點才下班，所以——』

「Oh no no，他這個月上早班。」

『這個嘛……』

再加把勁吧、何銘彥！

「而且我十分建議你等到明天第二杯啤酒喝一半時再走過去瞧瞧愛馬仕先生比較好。」

『爲什麼？』

「因爲算算時間那時候他差不多下班，如果對了眼的話你們還可以一鼓作氣去續攤，省得還要約定下一次見面時間煩死人。而且有沒有人說過你差不多喝掉750c.c.啤酒時最迷人，臉頰粉粉的好微醺，而且說起話來是有點茫但還沒醉、簡直就慵懶的沒話說，讓人看了就想咬一口！」

泡泡十分同意我這番見解，只不過十分同意我這番見解的泡泡、卻是惶惶不安的看著我，然後試著不傷和氣的這麼告訴我：

『呃……何同學我跟你說，雖然泡泡我滿喜歡你的但我只把你當成是好朋友，你眞的眞的不是我的菜。』

「去死吧你、想到哪去！」

不舒服！

答案揭曉了：是gay，而且他們對眼了。

在第二杯啤酒喝一半左右的時候，果眞泡泡看了看手錶，然後說他要去撒泡尿先，結果整個下午就此不見人影。

大約是泡泡離開的十分鐘左右之後，小艾開始不安了起來：

『我哥是掉進馬桶裡了喔？撒尿哪有這麼久的。』

「有喔。」

我告訴她有次我和同學整晚喝威士忌，忘記因爲是什麼事情反正就是聊得太過癮太忘我於是一直沒有去廁所解放，當我終於想到還眞該去撒泡尿的時候，我差點在小便斗前面腿軟。

「早知道就坐在馬桶上尿了，站得我腳痠死了。」

『那乾脆包尿布算了，還可以直接躺著睡覺。』

小艾雖然表情是笑著這麼說，但眼神卻依舊在搜尋著門口的方向；攔截住她的眼神，我試著這麼開口問：

「妳好像滿依賴妳哥的喔？」

她看起來不是很喜歡聊這話題的樣子，她於是吃了兩根薯條然後喝了一口蜂蜜啤酒，之後她還是說了：

『我哥沒有告訴過你喔？他媽媽不是我媽媽，不過我們爸爸現在的老婆也都不是我們媽媽，他三年前又再婚了，他第三任太太才大我幾歲而已，三個老婆的共通點是都很模特兒。』

令尊大概是有收集老中青三代模特兒的嗜好吧。我判斷這是個不合時宜的玩笑說，所以我沒說，我聽著小艾繼續說：

『不過反正這也沒差，因爲從小我爸就不常在家，偶爾回家來露個面、看看我們是不是還活著這樣、活得怎麼樣，這樣而已；從小我就是習慣了和我哥一起生活、只有和哥哥一起的日子，喔、還有每天會來煮飯打掃的阿姨。』

我小心翼翼的問：

「所以妳不喜歡談戀愛是因爲這樣？」

這問題讓她想了更久，她這次吃了四根薯條還有喝了兩口蜂蜜啤酒，然後不置可否的說：

『我確實是沒有很嚮往談戀愛，不過也不至於到討厭的程度就是了，不過說眞的，比起談戀愛的種種麻煩、我指的無論是生理上又或者心理上，我是眞的眞的覺得何苦把自己搞得那麼累。可能是我缺少什麼戀愛神經吧，看到那麼多人拚了命的想要談戀愛又或者愛得死去活來，我永遠搞不懂那些人爲什麼要把自己搞得這麼累。』

「妳談過戀愛嗎？」

出乎我意料之外的，小艾這次沒有吃薯條也沒有喝啤酒，她很乾脆的點點頭，然後說：

『高二還高三的時候吧，因爲被說一直沒有談過戀愛卻一直拒絕被追，這難道不是很奇怪嗎？我那時候想了想覺得好像也對喔，所以就答應了裡頭我覺得最順眼的那個男的。

『告訴你喔，我已經忘掉他叫什麼名字甚至是長得什麼樣子了，而且從第一次約會的時候我就覺得煩死了，要去哪裡要看什麼電影妳喜歡什麼音樂……叭啦叭啦的煩死人了，一個人的話就不用這麼麻煩了，自己決定就好了。

『撐完了那個暑假之後，我就跟他提分手了，那時候他還哭了呢，眞搞不懂爲什麼，他難道不覺得跟我交往滿無聊的嗎？』

我脫口而出：「怎麼會無聊？」

而小艾大概是只聽到我字面上的意思而沒聽出我話語裡的情感，於是她也只按照字面上的問題回答我：

『大概是忍到第三次約會之後，我告訴他外面好熱又好擠，我還是比較喜歡待在家裡吹冷氣看電視，這意思是後來我們的約會就是都只待在家裡吹冷氣看電視，所以我是眞的搞不懂他幹嘛那麼傷心到要哭出來，這種事不是一個人在家裡就可以做了嗎？』

「妳是眞的不懂。」

重點不是冷氣調幾度頻道看哪台，重點是身邊有妳在。是眞的不懂還是拒絕讓自己懂？

『我們這樣不是很好嗎？』小艾正在說。『沒有感情負擔，也不用疑心你愛不愛我、我愛不愛你，雖然性別不同，但就是很單純的只是好朋友，我眞的好喜歡這種狀態喔。』

「對啊。」

我聽見自己這麼說，我眞希望自己可以不需要言不由衷的這麼說：

「人的一輩子難免會有很多的異性朋友，如果對每個異性朋友都要惴惴不安的曖昧來曖昧去，那不是累死了。」

我這麼告訴小艾，但其實心底我告訴自己有骨氣的話就當下這麼告訴她：不，去妳媽的只是好朋友，如果愛不到妳，那我也不要跟妳當朋友；慢性折磨，我不要，死得痛快，我寧願。

但我什麼也沒說，我只是默默地把杯子裡的啤酒狠狠喝乾，然後詛咒自己天殺的活該。

『我第一次可以和男生這樣子耶，眞希望可以永遠不要變。』

「是啊，當然。」

於是我才發現，居然已經在不知不覺中，我已經從假裝不愛她、變成了愛她愛到害怕失去她。

這天殺的。
天殺的。

第三章

當李國慶打電話來的時候，我正在小艾家陪她一起看購物頻道。

如果是半年前，有人告訴我，我會愛上一個女孩，卻不敢也不能告白——否則就會失去她——那麼我可能會笑掉我的四顆大門牙外加兩顆大臼齒，然後既乾脆又瀟灑的說：天下正妹那麼多，幹嘛就追她一個？

可是現在的我，在每個星期日的下午三點鐘（連上課都沒有那麼準時！）會固定把自己帶去和這對兄妹喝兩杯蜂蜜啤酒同時分享兩盤炸薯條，並且分分秒秒的提醒自己得擺出哥兒們（或好姐妹，隨便！）的姿態相處她，雖然很想喊她baby而且還是想得要死，但卻又偏偏只能故作姿態的改成：「喂！劉艾波。」絕對不能露餡不說，還時不時得在對話裡穿插幾句「去死啦。」「白痴喔！」好強調我們真的只是好朋友，普通的朋友。然後差不多在泡泡喝掉一又二分之一杯啤酒時，我們會目送他老子吹著口哨、春風滿面的走到愛馬仕去等愛馬仕先生下班。

然後我會送小艾回家。

於是我深深明白，戀愛何止是鬼遮眼，簡直就是卡到陰，我想我真的該帶自己去廟裡收收驚。

笑我沒用又沒志氣，或者就直接瞧我不起吧、我無所謂，但是真的當小艾第一次同意讓我送她回家時，我得緊捏大腿才能提醒自己別樂得吹起口哨來；而就這麼送了幾個星期之後，在他們家公寓樓下、當她問我要不要上去喝杯咖啡或者吃個晚餐時，我心底歡聲雷動、萬馬奔騰的程度，簡直就像是她問的不是喝杯咖啡或者吃個晚餐、而是她正當場單膝下跪向我求婚，而且我還好害羞又好幸福的say yes，接著她還會給我來個公主抱而且還原地轉三圈。

我病了我。

我得意忘形的問：

「可是妳哥不在家，這樣子好嗎？」

『喔，沒差，他最晚十點就會回來。』

「啊？」

『因爲我不敢一個人睡，我都十點就睡了。怎樣笑什麼？』

我笑岔氣的說：「是後面那句話，不是前面那一句。」

『十點就睡怎樣嗎？』

我笑到快脫肛了。

「天啊，我是說，當我第一眼看到妳的時候，當下我就認定這女的不但是個夜貓子而且還是個夜店咖，菸酒不離手，說不準還偶爾會嗑點藥；如果不是個專門玩弄男人、就是總是被男人玩弄騙感情的那種漂亮女生，就是有這種女生，而且還不少。」

而長得就是這種類型女生標準長相的小艾，此刻則是兇巴巴的瞪著我，我於是識相的閉嘴。

『我甚至開始同情你了、何銘彥。』了解到我和小艾這所謂的進度之後，阿逵說，阿逵酸葡萄的說：『我懷疑小艾是想折磨你，因爲她早看穿你心懷不軌愛上她。』

「她眞的只是把我當成另一個哥哥而已。」我告訴他，雖然我眞正想說的是：「但你也可以把這解釋成約會，她和她前男友就是這麼約會的。」

『再繼續自欺欺人然後直到某天爆炸身亡吧你、何銘彥。』

無所謂，眞的。

於是我會知道，小艾她煮得一手好咖啡也燒得一手好菜，她絕絕對對會是男人夢想中的可愛小妻子，但就無奈她對這身分顯然興趣不大，她不喜歡談戀愛，眞可恨，眞浪費。

眞他媽的。

還有，她的嗜好是網路購物以及看購物頻道，她不愛出門但是很愛買。

『我的衣服鞋子包包和保養品化妝品都是網路買的。』出門逛街太擠又太麻煩了，她說，不過超市倒是可以例外，她很愛逛超市。『不過沙拉油和米也都是網路買的，不然出門買好重，我根本就提不動。』

而這會兒，我們就坐在電視前面，吃著小艾今天煮的海鮮炒麵（好吃！）看著購物頻道上的主持人有夠驚訝廠商推銷的吸水毛巾怎麼那麼好用啊？！

就是在小艾打電話訂購這組好神奇而且好超值喔的吸水毛巾同時，我的手機響起，而打來的人是李國慶。

李同學出生於國慶日那天，所以很可能這就是為什麼他直接被取名為李國慶的原因，而且反正不管是不是因為如此，我們就是特別熱愛拿他的名字開無聊的玩笑。

例如：還好你不是清明節出生，不然你可能就會叫作李清明了。

還有：還好你不是端午節出生，不然你可能就會叫作李端午了。

或者：還好你不是中元節出生，不然你可能就會叫作李中元了。

如此這般，無聊得很，但我們國中那三年卻還是可以說個不停還笑個不停，真幼稚。呃……其實不只國中那三年，畢業後還是。

然而這顯然無損於國慶同學對於他的名字這份熱愛，不過當然也有可能只是單純他這小子很喜歡逼我們陪他過生日吧？因為每年我們的國中同學會就是訂在雙十國慶這一天，而且就是國慶同學訂的；我們的國慶同學不但連任我們國中三年的班長，同時也是我們七次國中同學會的主辦人，算來我們國中畢業距今也不過才六年而已，可是卻已經就辦了七次國中同學會是因爲剛畢業那年暑假他老子就立刻迫不及待地辦了一次。

「到底是什麼事情、非得在畢業的同一年嚴格說來是三個月之後就辦同學會呢？」在那次的國中同學會裡，我試著這麼問李國慶。

『就暑假很長又無聊，而且國中剛畢業又找不到打工啊。』

服了他。

我第二次參加國中同學會則是在高中畢業那年，三年的時間過去，我的身高也趕進度、變了個人似的從一四五飆升到一八五，也於是在那一次的國中同學會之後，『你／妳有沒有看過長大後的何銘彥？』取代了李清明、李端午、李中秋這個笑話老梗，在那一次國中同學會裡我被虧得很慘，慘斃了；只有國中那群才會這樣虧我、我後來發現，因爲落差太大所以有震撼到，而高中那群不會，因爲高中三年我們（尤其是男生）就是在一起長高長壯長成往後的清瘦版，而改變只在細節之中，例如髮型、隱形眼鏡和打扮，所以也沒有什麼好驚訝的，而國小同學——喔、去他媽的！誰會和國小的時候身高長相都一模一樣啊？所以成長和改變也沒有什麼好驚訝的。

然而儘管七次國中同學會我只參與過兩次，不過李國慶這位稱職得沒話說的主辦人還是依舊每年都很熱情的邀約所有人——經常捧場的，很少捧場的，甚至是已經失聯的他都還是會打個電話試看看——並且還每年更新所有人的近況以及聯絡方式還做成通訊錄e-mail給所有人；我有點懷疑李國慶這是在爲他往後的賣保險生涯鋪路，不過當然這是開玩笑的，李國慶他後來考上警大，畢業之後就立刻會是個消防員，沒意外的話三兩年之後還會升職加薪當個小隊長每天坐辦公室打報告什麼的。我的意思是：他只是單純很熱愛舉辦國中同學會然後逼我們陪他過生日，這樣而已。

喔、好啦，我其實是懷疑他在暗戀葛桔。

哎～算了，也沒什麼好隱瞞的、其實。老實說我第一次去參加國中同學會是因爲想看看葛桔會不會也去？如果她有去而我錯過的話，我一定會嘔死氣死恨死，而之後沒再去，則是因爲葛桔都沒有去；第二次則是因爲很想讓葛桔看到我長大後的樣子，可是她還是沒去，葛桔連一次都沒參加過同學會，也沒和任何人聯絡。

也於是此時此刻當李國慶在電話裡說著他終於聯絡上葛桔了，雖然還不確定、不過她可能會去時，我聽見我爽快的說：

「好啊，我會去。」

『葛桔是誰？』

我手機才一放下，小艾就立刻的問。這點很不像平常的她，我感覺心飄了一小下下，我允許自己的心飄了那麼一小下下。

她的表情像是說了什麼，我心想。那是明明就很在意卻要裝作只是找個話題聊、順道一提的表情，那是介於在意與嫉妒之間的表情，那是我這半年來啤酒沒白喝、薯條沒白吃、星期日下午沒白費並且購物頻道沒有白白陪看的表情。

那是我應該能有機會化暗為明的表情。

於是我說：「葛桔是我的國中同學，我們國中的時候還滿要好的。」

『怎麼說要好？』

「她那方面怎麼樣我是沒問過啦，不過我這方面是覺得我們應該可以稱之為滿要好的朋友。」

『喔？』

小艾的臉好八卦的亮了起來。自己的八卦絕口不提，不過別人的八卦倒是愛聽得很，這女的眞的是。

「哎～其實也沒什麼啦。國中的時候我和班上幾乎一半以上的女生幾乎都是好朋友，可能是因為從小我家只有我爸和我兩個男的，但卻有我外婆和我媽和我姐，眞的是有夠標準的陰盛陽衰，所以就還滿習慣和女生相處的，而且妳曉得嗎？我才兩歲不到的時候，我媽就開始教我要疼女生啊、要對女生很好啊、不可以跟女生大聲吵架什麼的。」

『好好笑喔，什麼原因要對一個兩歲不到的小男生說這些？』

「好像是我和鄰居那個常常玩在一起的三歲小女生爲了搶玩具吵架什麼的吧，我有點忘了。」我有點酸她：「還是說要我現在打電話問我媽一下？」

『好啊。』

嘖。

「還有就是……咳，我國中的時候才一四五，不管是身材和長相都還是小學生的樣子，所以班上很多女生就好自然的把我當成小弟弟疼愛什麼的鬼──」

『你國中才一四五？！』

「我高中才開始發育不行嗎？」

『好好笑喔，如果我們國中同班的話，那我就會曾經比你高了耶。』

「謝謝妳喔，確實我們班國中女生都曾經比我高，所以這就是爲什麼我不愛參加國中同學會，什麼──嘩！長大版的何銘彥──眞是煩死人了。」

不說還好，一說這小艾就笑個不停。

『好好笑喔，長大版的何銘彥，你下次帶照片來啦！我也想要看看兒童版的何銘彥。』

「去死啦。」

『這麼說來，我國小的時候就比你國中的時候高了耶。』

「閉嘴！」

心酸得要命，眞的。

「反正重點是，在我人生中開始對女生產生興趣、也開始認眞學習和女生相處的那關鍵三年，卻因爲我發育得晚而使得當時她們都把我當成小弟弟或者像是個弟弟般的好朋友，這多少也影響到往後我和女生的相處。我敢說爲什麼往後每個女朋友都跟我提分手就是因爲我已經習慣了這個模式：我們都太朋友了！媽的！」

媽的！

『哈～笑死我了。』

可惡！我趕緊把話題打住，然後重新聊回葛桔。

「而且葛桔是我們班的班花。」

我承認這眞的是有點過頭了，關於班花的這個陳述。

葛桔長得很漂亮（我指的是國中的葛桔，現在則未知，人是會變的、畢竟，尤其是外表，尤其是國中、高中之後的每個人的外表。看看我，看看我！），這大概我們全班同學都不會有意見而且還同意得很，但葛桔是不是每個人心中認定最漂亮的班花這就有待調查了，每個人的審美觀不同、每個人對於女生的偏好不同、畢竟——喔、去他的，我們有聊過、其實，而且聊過不止一次而且還是很多次，哈哈！

我們都承認葛桔很漂亮，氣質又很好，而且待人很友善，雖然不是重點、不過葛桔的成績永遠是第一名，全校第一名；簡直就像個模範生似的，我指的不只是成績這件事，還包括她那種標準的漂亮長相。我們都同意身爲葛桔的男朋友一定又幸福又神氣，可是這樣的一個葛桔卻反而在當時完全沒有人追她，敢追她，不是因爲她讓人產生距離感，卻是因爲她太脫俗，簡直就像是只喝露水過活的仙女，沒誇張，眞的。

「感覺好像在冒犯她似的、對葛桔告白的話。就是有這種類型的美女存在，如果不是認識葛桔的話，我想我也不會相信。」

『眞羨慕。』

眞羨慕沒有人敢追她。我想小艾的意思是。

「而且有一陣子我常常陪她走路回家，沒記錯的話應該是國三下學期吧，」我故意說：「我想我那時候大概是滿暗戀她的。」

就像是現在我常常陪妳一起喝啤酒吃薯條看購物頻道一樣。

『所以說穿了，你現在大概也是滿暗戀我的喔？』

我以爲小艾會接著這麼說，我希望小艾會接著這麼說，希望得要死，可是她沒有，她只是指著電視上主持人正在介紹的廚具，說：

『你覺得買這個好不好？我下次想試看看做壽喜燒。』

我眞想掐死她。

「好啊。」

雖然這麼問而我這麼說，然而小艾卻沒有拿起電話來訂鍋具因爲她下次想試看看自己做壽喜燒，她反而轉過頭來看著我，彷彿是希望我繼續說些什麼都好就是不要說任何有關喜歡她想追她暗戀她的話題就好，眞是去他媽的。

我只好繼續聊葛桔。

「因爲那陣子她爸爸好像工作還車禍過世什麼的。」

請了三天喪假之後她回來上課那天，我們班沒有一個人敢跟她講話，雖然明明知道好像應該安慰她還是問候一聲妳還好嗎什麼的，但硬是說不出口，因爲國中三年來一直就習慣了葛桔比我們聰明、比我們優秀、比我們懂得更多，所以反而不敢關心她。

她回來上課那一天，本來都好好的，好像她什麼事也沒發生過那樣的正常，可是在午休時間卻突然對著便當掉下眼淚，我們真的眞的都傻住了，傻得不知所措。原來葛桔也會哭，那麼完美的女生原來也是會脆弱的。

「所以那天放學之後我就問她要不要載她回家，因爲我記得好像以前都是她爸爸接送她上下學的，而且反正順路。」

『然後咧？』

「畢業那年的夏天聽說她搬家了，搬去哪？不知道，只知道她考上北 女，如果沒意外的話，現在應該念台大吧，畢業後不是嫁給醫生或律師或教授就是自己當醫生律師或教授，葛桔看起來就像是會過那種人生的人。不過不曉得，沒有人和葛桔保持聯絡，而她也沒有，她搬家的消息甚至還是我媽去公園遛狗時聽到她們家鄰居太太說的。眞是搞不懂爲什麼，我記得她人緣滿好的，搞不好連人緣也是第一名。我都開玩笑的不喊她葛桔反而喊她資優生。」

『我想我大概可以了解。』

「嗯？」

『國中的時候我爸媽離婚，爲了搶監護權還什麼的，每天都跑來學校鬧，鬧很大，好丟臉，畢業之後我就連一個國中同學也不想聯絡，不是討厭他們，只是討厭看到他們的臉就會想到那一段往事。』

「喔。」

沉默了一會之後，小艾才又繼續說：

『所以我剛剛才會說很羡慕你的葛桔同學，如果那時候我也有像你這樣的朋友就好了。』

「怎麼說？」

『那時候我眞的覺得自己很需要朋友，可是沒有人想跟我做朋友，女生不想跟我交朋友，可能她們覺得我很難相處還是很奇怪什麼的吧？我沒有問也不想問，而男生更不想要跟我當朋友，他們只想要我當他們的女朋友！』小艾越說越生氣：『而且你知道最氣人的是什麼嗎？這種話我甚至不能說出口，因爲一說就變得很自戀在臭屁，可是明明就是這樣啊！明明就是事實的事情卻因爲要顧忌什麼的反而不能說出口，眞是什麼跟什麼！我眞的覺得自己很衰！又不是我自己要這樣的。』小艾遷怒似的用力按著遙控器：『反正算了，慢慢我也習慣沒有朋友自己一個人的日子了，反而這樣一個人過日子還比較輕鬆。』

「也不是——」

打斷我，小艾還沒氣完似的，又說：

『而且更好笑的是，當初搶我的監護權搶得那麼丟臉還告來告去，可是一兩年後卻各自都再婚了，說穿了不過就是爲了錢而已，一個想要拿更多贍養費，一個不想付太多的贍養費，無聊的大人，把結婚搞得像買賣。』

「是啊。」

『反正高二我就搬來跟我哥住了，因爲我媽說她要和叔叔移民到美國，問我要不要跟著去、不過不想去也可以，這意思眞是有夠明顯的，那時候我覺得自己好像被她淘汰的舊首飾；不過算了，反正不用再看到他們我還比較開心。』

「妳是因爲這樣，所以討厭談戀愛嗎？」

轉過頭，小艾瞪著我，她看起來像被氣到快爆炸的樣子，如果她接下來把我一腳踹下沙發然後丟出陽台還附帶一句：不要再讓我看到你！我想我也不會覺得奇怪；可是她沒有，小艾只是把憤怒壓抑下來，然後轉變表情，她給自己換上了小艾的招牌笑容——甜甜的，卻有抹防備的刺。她反問我：

『那你們這些人呢？又為什麼那麼想要談戀愛？是爸媽婚姻太幸福還是你們生活太圓滿還是單純就是荷爾蒙失調？』

「呃……我收回——」

『你們眞的好奇怪！自己喜歡談戀愛那就自己去談戀愛好啦！祝福你們嘛、眞的。可是為什麼就非得要管到別人頭上來呢？為什麼就非得要覺得每個人都要談戀愛才可以呢？法律有規定單身者犯法嗎？我就是喜歡單身不行嗎？一直保持單身的狀態就代表這個人有什麼問題是嗎？是童年有陰影還是性格有問題還是其實是個同性戀呢？單身就等同瑕疵品嗎？那麼要不要乾脆立法把單身者都捉去隔離關起來好了呢？莫名其妙眞的是！我要去尿尿。』

當我反應過來小艾話裡最後那句我要去尿尿沒有什麼隱喻暗喻言外之意、而單純就是字面上她要去尿尿的意思時，她已經從廁所回到客廳裡，手裡還多了兩罐可口可樂。

『百事可樂難喝死了。』把另一罐可樂遞給我的同時，她又說：『我剛剛經過你面前的時候，有故意偷偷放個屁，你有沒有聞出來是炸薯條還是海鮮炒麵？』

「很噁心耶。」

『哈～～』

痛快的哈哈大笑之後，很意外的、小艾居然又回頭說起剛才那個讓她氣到想把自己隔離關起來的話題，她說：

『告訴你喔，我眞的眞的覺得，人的一輩子，如果從來沒有談過戀愛，也從來沒有被愛情傷害過，或許其實會更幸福也說不定吧。』

第四章

葛桔沒有來。

同學會這天，根據李騙子聲稱雖然不確定會不會來、但有百分之九十的可能性是會來的葛桔結果並沒有來，倒是「終於親眼看到傳說中長大後的何銘彥了！」這句話聽得我差點鬧耳鳴；我想我下一次參加同學會不是退伍以後就是再三年之後或者就乾脆別再參加了！

『明年再來啊、何銘彥。今天看到你來眞的很高興耶。』

「去死吧、李騙子。」

『什麼？他們太吵了我沒聽清楚。』

「我說好啊，還有今天看到大家也很高興。」喔，還有，「還有，生日快樂啊！沒帶生日禮物來沒關係吧？」

『沒關係啊，待會兒幫我付這頓的錢就好了。』

「去死啦。」

『開玩笑的啦，已經算在各位的帳上平分掉了。』

「什麼？」

『太吵了你也沒聽清楚喔？』李國慶賊兮兮的笑，然後轉開話題說：『今天有三十六個同學來耶，是人數最多的一次，還不包括大家帶來的男女朋友喔。』

說完，李騙子又拿起他的單眼相機連拍好幾張，打從同學會一開始他就拿著單眼相機拍個不停拍個沒完沒了，我懷疑結束之後他會一路跑回家去上傳照片還寫網誌，而網誌的文章標題不是「我的國中同學會」卻是「特地來幫我慶生的三十六個國中同學」，然後副標題：還不包括他們帶來的男女朋友喔！

我忍不住拿起iPhone搜尋有沒有把李三八的部落格記下來。

『不用啦，我幫你拍就好了啊。』

「什麼？」

就在我說到「麼」這個字的時候，李他媽就按下了快門，眞他媽的。

「我又沒有說要拍照！」拿過李國慶的相機查看，我說：「我這張要刪掉！」

『爲什麼？還滿好看的啊，會讓我想起有張某個男明星一邊說話一邊走向鏡頭的劇照，還亂帥一把的。』

「帥啊、眞的，眼睛半閉嘴巴半開，去死吧你！如果你沒有把這張刪掉的話，就會被我亂揍一把了。」

『了解。』

了解個屁。這李欠揍。

這張照片他不但沒有刪掉而且還當晚就連同學會所有的照片上傳到facebook我的相片裡，他不但把所有的照片標籤何銘彥顯示在我的相片裡，而且他還追加一張我國中時候的照片以供缺席同學會的同學們比對，爲什麼會這樣認爲是因爲他在照片底下還加了一行旁白：男大十八變。

「我要殺了你」

才想寫封信告訴李國慶這個眞心話時，我看見信箱裡正躺著一封泡泡的來信：

「你國中長得好可愛喲」

我回信：

「死泡，閉嘴」

他回信：

「偏不，怎樣。葛桔是哪個？」

我回信：

「你怎麼知道葛桔？」

他回信：

「因爲我是死泡的妹」

我回信：

「幹嘛偷用你哥的帳號？」

她回信：

「因爲我沒有facebook而且我哥就在旁邊敷臉所以這又不算偷用」

拿起手機，我打了泡泡的電話，而果眞是小艾接起的電話。

「某人不是晚上十點就要睡？」

『因爲晚上多喝了一杯咖啡所以還睡不著啊。』

「妳很空虛耶，上妳哥的facebook還用妳哥的手機聊天，給我妳的手機號碼，不然佔用到他和愛馬仕先生的電話約會怎麼辦？」

『喔，不會，他們剛剛聊完還互道晚安了。』

「那妳還是可以給我妳的手機號碼啊，搞不好我們剛好網內可以免費。」

『我和我哥同一家電信公司，所以我們想必沒有網內。葛桔是哪一個？』

「她沒去啦，妳幹嘛那麼想知道她長什麼樣？」

『就好奇啊，那個叫李國慶的人不是也有上傳你們國中時的照片，團體照裡面沒有葛桔嗎？』

「妳幹嘛那麼好奇葛——喔。」

『喔什麼？』

喔葛桔出現了。

「我再打給妳喔，掰伊。」

葛桔的加入好友邀請。

我有點失望的發現她並沒有放大頭貼照片，不過我還是興奮的按了加入。我傳了封訊息給她：

「好久不見！妳的facebook還眞新。」

乾等了好一會之後，葛桔回信：

「是啊，因爲才剛剛申請，還在塡個人資料呢。」

這倒是提醒我趕快去看看葛桔現在念什麼大學，還有感情狀況是怎樣、當然。不是台大是師大，這讓我有點小驚訝；感情狀態是單身，這讓我有點小開心，喔、好吧，是大開心。但是，隨即：爲什麼？是不是她變胖變醜了？

好啦，這很膚淺我知道，我知道我知道我知道！不過——

我回信：

「妳現在念師大喔？妳知不知道怎麼上傳照片？很想看妳現在的樣子耶。要不要我教妳？妳的好友名單只有李國慶和我喔？要不要其他人的帳號妳可以看我們共同的好友在朋友那個地方。妳怎麼都不參加同學會？我們都在聊妳耶。妳會不會上傳照片？」

這次乾等了更久，久到我都去撒了泡尿然後又傳了封訊息威脅李國慶如果不撤掉我的那張眼睛半閉嘴巴半開的照片，我就要立刻騎車去他學校揍他之後，葛桔的回信才躍入了我的視線。

「你打好多字，我打字很慢。我剛上傳完照片了。」

爲什麼？

照片裡的葛桔與其說是和國中時候差別不大、倒不如直接說是完全沒變：她頭髮長了，留成長直髮，她還是很漂亮，還是瘦瘦的還是白白的，她照片裡的笑容淺淺的，雖然說一看就知道是面對鏡頭的那種禮貌性微笑，不過很明顯看得出來她依舊是當年那個氣質很好的女生；清秀佳人型的美女，這和小艾完全不同，小艾是屬於搶眼型的電眼正妹，雖然宅性格和外表整一個不搭，不過確實小艾的外表可以直接騙別人她是網拍模特兒也不會被懷疑。

爲什麼？！

「妳沒有男朋友？！」

喔喔，這太直接了。刪掉刪掉。

「是因爲也很宅而且剛好也痛恨愛情所以沒有男朋友嗎？」

喔喔，這太古怪了。刪掉刪掉。

「可不可以給我妳的手機？方便嗎？我是說既然妳打字很慢的話。」

喔喔，這太明顯了。可是那又怎樣？

這次回信比較快，這點她倒是和難搞小艾完完全全的不一樣，葛桔直接就給了我她的手機號碼，可能是敲阿拉伯數字比key in「不方便」或「我不要」或「你休想」簡單吧，我想。

我想我眞的是被小艾荼毒太深了吧？因爲只有她才會這樣難搞又龜毛。因爲葛桔的回信裡不只有十個阿拉伯數字，還有：你變好多，幾乎都認不出你來了。

「對啊，我國中畢業之後就長高四十公分，現在連換電燈泡都不需要梯子啦，哈！」

我還是回信給葛桔而不是直接撥出她的號碼，是擔心時間晚了還是單純近情情怯還是更單純只是因爲被小艾荼毒太深？我相當認眞的思考著。

「長相也完全不一樣了呢。我要去洗澡了，81。」

「晚安。」

在電腦前等了一會，確定葛桔沒有再回信之後，我才關了電腦也洗澡去。

從那之後我們就這麼通起信來，好復古的感覺，我的意思是留言、回應和簡訊難道不是早已經取代通信這件事了嗎？而且、是的，這還眞眞是我生平第一次寫信通信，超復古的。

我告訴葛桔因爲她消失得如此乾脆以至於班上同學對她的後來議論紛紛，常常有人聲稱在台北街頭看過她，有人說她爆肥、有人說她樣子改了好多想必有去整型，有人說她跑去演周杰倫的那部電影《不能說的祕密》，甚至有人傳言某年某月的某一天，在西門町看到葛桔大著肚子和她的小混混男友大聲吵架還大打出手。

「我知道我長相普通，可是眞沒想到原來我有這麼大眾臉。」

看到她的這封信，我想立刻打電話親口告訴她、她長得絕對不普通，她還是很漂亮；可是我很快的手機拿起卻又很快的放下手機，我發現葛桔在我心中彷彿還是當年的那個仙女，我們怎麼可以隨便打電話給仙女？那太冒犯了不是嗎？

我回信問到她的後來，還寫到很佩服她在大考之前遇到父親過世卻仍舊可以堅強地考上第一志願。

其實並不堅強。葛桔在信裡這麼寫道。父親的過世令她打擊太大、大到無法接受也不願意接受，於是她用盡力氣讓自己處於痲痺的狀態，她說服自己父親只是遠行，回來之後她要讓父親看見她穿上綠色制服的模樣，他們約好了要拍張合照。

「但在放榜之後我卻完全崩潰了，瓦解了。好像從痲痺的狀態甦醒過來那樣，我意識到父親不是遠行而是永遠走了，永永遠遠，見不到面。

「我會告訴媽媽，爸爸打電話給我，在凌晨四點鐘，他打電話來吵醒我睡覺，我問媽媽可是爸爸打電話給我做什麼？他們的房間不是就在隔壁嗎？

「還有一次我眞的眞的看到爸爸走進房間來看我，就坐在我的床頭，他笑得很溫柔，還說他長久以來的偏頭痛居然好了，然後問我什麼時候開學他要開車載我去。

「我沒有告訴媽媽，因爲我知道她會眞的帶我去看醫生，精神科醫生。我們之所以會那麼匆忙的搬走大概就是因爲這樣，媽媽希望我能夠換個環境，重新振作起來。」

話題似乎太過深入，遠遠深過我們之間原有的交情，我們曾經有過這麼深入的談話嗎？我想沒有，我確定沒有；我開始慶幸還好我們是寫信，否則如果是透過手機或者是面對面的談話，或許因爲尷尬或是顧忌而言不及義了吧、我想。

我回信問她後來怎麼會想念師大？

「我想念心理系，而且我想當輔導老師，我想了解那個夏天的我，我開始明白那時候的我是眞的需要幫助，可是卻學不會也不曉得如何發出求救訊號。你記得我們的輔導老師嗎？」

我坦白回信告訴她，我連學校裡有輔導老師這件事都不曉得。當然是有的，一定是有的，可是……不曉得，我那時候有什麼事情能找輔導老師談呢？「老師老師，我很煩惱我都已經國三了可是看起來還是像個小學生，怎麼辦？」這樣嗎？

我敢發誓她看到這封回信時一定在電腦那頭笑了起來，因爲葛桔的再次來信換了一個話題，比較輕鬆的話題，她問我怎麼沒有女朋友？她說我看起來像是大部分女生會喜歡的外表，而且個性也滿好相處的，她覺得。

雖然很不應該，不過看到葛桔這個問題還眞眞比她談到父親過世的那些信更來得讓我想哭，小艾就從來不會問過我爲什麼沒有女朋友，那該死的，那愛不到也最好別愛她的小艾。

高中之後是眞的還滿不錯的，我的意思是我還滿被女生喜歡的，也有過幾次被追求；我總是能夠追到喜歡的女生，然後成功的交往，最後成功的被甩掉，相處起來感覺太像朋友不像情人，她們總是這麼說，不如我們當朋友就好。這讓我滿傷心的，不過說穿了困擾還是多過傷心的：什麼意思相處起來太像朋友了？我不夠浪漫嗎？還是不夠溫柔呢？還是接吻技巧不高明嗎？是不是有個誰可以說得更具體一點？可是她們誰也沒有辦法說得更具體，她們總是都只說：太像朋友了，我們還是當朋友就好。我懷疑她們是不是約好了要這麼說。不過當然這只是開玩笑的，她們彼此並不認識，而且前後也沒重複。

而且坦白說這也沒有很困擾我，反正這幾段感情也從來沒有一次持久到深刻的程度，而且中間的空窗期也不會太久所以眞的也還好。

「然後是大約半年多以前，不知道是犯沖還是偏太歲，這一切都突然停止了，突然沒有女生喜歡我，突然我再也看不到喜歡的女生，妳覺得我該不該去廟裡驅邪或收驚？」

她回信說我還是像以前一樣好笑，她很高興我們能夠重新聯絡上，她保證下一次同學會她會出席。

「也不必等到明年同學會啊，我們還是可以約出來吃個飯什麼的。」

本來我是很不想要這麼回信給葛桔的，因爲這字裡行間看來彷彿存在著什麼錯誤的追求訊息之類的，可是沒有辦法，阿逵硬是要我這麼回信給葛桔，他發誓他是千眞萬確愛上我的葛桔同學了；我則告訴他，我發誓每個漂亮女生他都是千眞萬確的愛上了，因爲這三年來我已經聽到耳朵都快長繭了。
我拒絕他以請吃茹絲葵誘惑我幫他追葛桔。我叫他直接去參加聯誼或者乾脆就直接報名婚友社算了。
可是這天，阿逵和我，還有食物在哪、他人就在哪的胖打，卻正在師大夜市走著逛著吃著。
「再解釋一次，爲什麼明明我只是打完球說回家路上想吃個炸雞排，但結果我們這會兒卻非得騎這麼遠的車跑來師大夜市？」
『對啊，士林夜市的豪大雞排不是更近更好吃嗎？』胖打一臉哀傷的說：『大就是好，不只是炸雞排，還包括所有的食物！』
不理他，阿逵說：
『師大夜市，哈囉？這難道沒有讓你想起什麼關鍵字嗎？』
「什麼關鍵字？」
『例如說你那位念師大的國中同學葛桔。』
喔，又來了。
「死心吧你，我再也不要幫你介紹女朋友了。」

早知道我就眞該把這色胚從我的fb友名單裡移除了，每次每次的被他纏著介紹女朋友眞是煩死了。

『我眞的覺得很哀傷。』

阿逵說，阿逵可憐兮兮的說，阿逵可憐兮兮的又開始說：那天他起床的時候——正確說來是他醒來之後，正要從床上坐起身的那一瞬間——他突然被一股莫名的、強烈的、巨大的哀傷所襲擊，還淹沒：這個世界上沒有女孩愛他。是這麼一股莫名的、強烈的、巨大的哀傷，就在他那天起床的瞬間、第一個念頭，清晰無比；而且眞正淹死他的是、阿逵深深的感覺到，這可能不會只是個念頭，而且還是個事實，而且還將會變成一個永遠的事實：永遠沒有女孩會愛他。喔，天啊。

而接下來的事情不難猜，再一次深深認爲再交不到女朋友就會死的阿逵，再一次打開電腦瀏覽起fb來，然後——

「你幹嘛不直接加她好友然後——」

打斷我，阿逵說：『我加了，但她沒理我。』

「那不是夠明顯了嗎?」

『我只是想要親眼看看她是不是照片上那麼正。』

「少來了你。還有、第N遍：我再也不要幫你介紹女朋友了！」

『爲什麼葛桔你就不幫我介紹？怎麼你也喜歡她？』

確實我是喜歡葛桔沒錯，但不是對小艾的那種好吧媽的我認了的荷爾蒙喜歡、費洛蒙喜歡，而單純只是普通朋友的喜歡，國中同學的喜歡。

「沒有，不是。」

『你才少來了，我看破你了、何阿彥。』

「不是就不是。」

『既然這樣，你幹嘛還每天跟葛桔通信？』轉過頭看著胖打，阿逵尋求支持似的說：『你曉得從那天之後，他連上課都在偷偷看手機檢查fb有沒有來新郵件咧。』

沒理他，胖打說：

『左前方有個人一直在瞄我們。你們認識那個男的嗎？』

阿逵搖搖頭，而我則招手說：

「喲，李國慶！你也跑來逛師大夜市啊？」

『對啊，眞巧遇到你。』

「從你們學校來這裡不遠嗎？」

『騎車還好啦。』

『才怪咧！』李國慶他旁邊的同學說：『明明只是說想要喝珍奶，結果他就硬是要我們跑來師大夜市買。』

「了解。」

『關鍵字。』

『葛桔。』

『你們在說什麼啊？』

『對了，』李國慶趕緊轉移話題的說：『你記得徐呈宗嗎？』

「記得啊。」

當然記得，我國中時候的好拍檔，我的意思是，國中時候我們兩個是班上最矮的第一第二名，我們當時都還被困在小學生的外表和長相裡頭。

『我聯絡上他了。』

「他也長高了嗎？」我很開心。

『喔，徐呈宗現在已經比我高了，而且身材練得還不錯，從照片看來。』

我覺得好安慰，我真的替我國中時的患難兄弟感覺到安慰透了。

回過神來，李國慶他正在說：

『……結婚了，現在和他老婆——』

打斷李國慶，我超驚的問：

「老婆？徐呈宗結婚了？爲什麼？我們才幾歲？」

『還不就那麼一回事。』

「也對。」

李國慶重新繼續說：

『他們在福隆經營民宿——』

「福隆？爲什麼？」

『衝浪，徐呈宗高中時迷上衝浪，現在還儼然是個衝浪高手，我有叫他也去弄fb。』

然後，重點：

『然後我在想啊，要不要寒假找個兩天我們約一約去福隆找徐呈宗玩，有點類似再一次的國中畢業旅行這意思，這不是很讚嗎？』

「如果葛桔也能去的話，那就更讚了對不對？」

我意有所指的問，而李國慶則慌亂的說：

『我又沒有說想看她穿比基尼，這太冒犯了！』

『比基尼？』阿達眼睛都亮了起來的插話：『欸，可以帶伴嗎？我可不可以當何阿彥的伴和你們一起去？我游泳很行啊。』

「你乾脆說你很會吹哨子算了！閉嘴啦。」

『我會約大家然後敲時間，』然後，李國慶害羞的問：『然後你可不可以幫我約葛桔？』

「啊？」

『因爲聽說你們好像還是滿好的，而且我一定約不動她，可是我又眞的好想看到她……』

太讚了，我儼然就是個月老了、在他們眼中，可是月老啊，又有誰來幫我追小艾呢？

第五章

『國中三年。』打了個冷顫、泡泡說：『泡泡我呀，討厭透了我的國中三年，連回想都不願意的那種討厭透了喲。』

然後泡泡拿起兩根薯條往嘴巴裡面送，隨隨便便的嚼了嚼之後再狠灌一大口啤酒送進喉嚨裡；就是在看著泡泡的喉結上下抖動的同時，我想起從剛剛就一直有個什麼覺得好奇怪想問他，但想半天就是想不起來到底是個什麼好奇怪要問他。我想如果不是最近我睡得太少、就是課業壓力太重了。

我問他：

「爲什麼？上課被老師罵？下課被同學拖進去廁所揍？而且還被所有人欺負又排擠？還是以上皆是？」

『喔，倒沒那麼戲劇化的慘。只是單純因爲國中那三年堪稱是泡泡我人生中最醜的時候。』

到底是要問他什麼？我感覺問題都已經問到了舌尖但卻硬是問不出來。

我問他：

「是多醜？暴牙痴肥還滿臉痘？」

『喔，倒也沒那麼醜。』然後：『謝你喔！』

「哈～～」

『就是髮型很阿呆阿呆，衣著毫無品味就是一味盲從，而且肌肉還沒練出線條尤其不可饒的是當時還沒意識到肌肉是得練出線條的這件事情最最令我蒙羞！』

「拜託喔，國中的時候誰不是那樣啊？而且告訴你，很多人窮極一生都還是這樣。」

我沒有在射影阿逵的意思，還有胖打，喔，還有李國慶、當然。哈哈！

『對你們凡人界來說是這樣，但這在我們美男界而言，這可就是千千萬萬的不可饒了。』

「這話值得我拿椅子砸你而且完全情有可原。」

『哈～～』

這時小艾插話進來：

『不過何銘彥不是啊。』

光聽到這裡我就已經知道她接下來要說的是什麼了，我想這大概是代表我們真的真的是太熟了，已經變成是太熟太熟的朋友了。這是不是個好現象？我們會不會就真的只能是朋友？

『他國中的時候才一四五而已。』

『國一的時候？』

「閉嘴。」

『不，整個國中三年。』

『眞看不出來耶、何同學！所以你兒童票買到國中喔？哈～～』

「閉嘴。」

『你到底什麼時候要帶照片來給我們看啊、何銘彥？』

『好慘喔、何銘彥，如果我是他的話，一定會把舊照片全部放火燒掉的。』

『如果我是他的話，我絕對不會留下當時候的照片。』

如果如果如果。這對兄妹嘰嘰喳喳的聊了起來，聊得不可開交還樂不可支而且簡直就是樂壞了。

我乾脆起身去上廁所。

當我回到座位上的時候，這對兄妹居然天啊還在聊國中這話題，不過仔細一聽還好的是他們聊的不是國中三年或者身高一四五或者好慘喔何銘彥或者我兒童票到底買到幾歲是不是就是國中畢業！

他們正在聊我的國中畢業再旅行，他們當著我的面討論我的事情，他們是故意的。

『我覺得他不要去比較好，想想：他畢業後只參加過兩次同學會，而經常保持聯絡的同學說不定還兩個不到，而最常和他聯絡的那個、他甚至還很厭煩他。這難道不是充分說明了他和他們已經完全陌生了嗎？而且他國中的時候身高才一四五。』

「這跟我國中身高一四五有什麼關係？」

我不爽的問泡泡，但泡泡他不理我，他故意無視於我的存在而假裝專心聽小艾說：

『是啊，而且又是兩天一夜的小旅行，想想：兩天一夜的時間都得跟一群已經不熟的老同學綁在一起，這點光想就覺得尷尬。而且他國中的時候身高才一四五。』

「好，我懂了，重點是我國中時身高一四五，而你們想繼續拿這個嘲笑我。」

我後悔莫及告訴小艾這件事。

但小艾她也不理我，她故意無視於我的存在而假裝專心聽泡泡說：

『重點那又不是衝浪的季節了，所以到底是去福隆幹嘛咧？又沒有穿著小泳褲的公狗腰猛男可以提神、養眼身心靈。更別提他國中的時候身高才一四五。』

「誰可以告訴我國中身高才一四五的這件事情笑點在哪裡嗎？」

『喔，原來如此，他純粹只是爲了想看葛桔穿泳裝，所以硬是假裝有興趣參加這什麼國中畢業再旅行。哎~男人喔。』

終於打住這他媽的一四五話題，泡泡問：

『葛桔是誰？』

『他國中時有夠暗戀的女生，搞不好現在還是在暗戀人家。』

「還在暗戀葛桔的是李國慶不是我！」

『李國慶又是誰？』

「太棒了！我終於能夠融入你們的對話了。」

『李國慶是他們國中的班長，好像在念警大的消防——』

『天啊！消防？！以後會當消防員的那個？會從中挑選消防猛男年曆的那個消防員？』

「泡泡你休想。」

然後，果眞，這泡泡他立刻改口：

『其實不熟又不會怎麼樣，畢竟是國中同學呀，好難得的不是嗎？所以你反正帶個朋友參加不就好了嗎？這樣就再尷尬也不尷尬了。』所以，重點是：『你可以帶泡泡去我不介意喲。』

「但是我介意，很介意。」我眞想拿椅子砸他：「而且告訴你，死了這條心吧！李國慶他沒有大胸肌。」

『這叫作撒網捕魚你不懂。他沒有大胸肌又不代表他不認識其他的消防猛男，泡泡我呀自從某年某月的某一天看了消防猛男的年曆照片之後，就一直好希望有機會可以一親芳澤嚐一口喲，這幾乎可以說是泡泡我畢生的夢想喲。』

「你夢想個屁，我看你只是單純有制服癖。」

在說這話的同時，我才終於想起從剛才就一直想問卻又一直忘記我要問泡泡的那個什麼了！指著他已經快喝到底的第二杯啤酒，我問他：

「你怎麼還不去約會？」

『因爲泡泡我今天休假呀。』

「你本來就今天休假啊。」

泡泡曖昧的笑了起來：『泡泡我指的是休戀愛假。』

「什麼鬼？」

『他的賞味期限又到了。』

小艾說。

賞味期限。

泡泡開始扯起什麼戀愛激素、腦下松果體之類的鬼，因爲名詞實在太專業了，所以我壓根聽不懂也記不起；反正重點無非是說當人們談起戀愛的時候，腦子裡的什麼體就會開始分泌什麼激素的鬼，而科學家研究發現：此激素的分泌週期是三年。

『三年。』泡泡得意又篤定的說：『然後兩個人的感情就會開始由濃轉淡，接著呢，不是轉換關係結婚生子、就是換個情人再重新輪迴過一次，也就是下一個三年。哈哈！』

「有個問題，什麼樣的科學家會對這個有興趣還當眞做起實驗來？還有就是，這實驗是要怎麼進行啊？上街去找幾對剛熱戀的情侶然後把他們戴上頭套什麼的然後還捉進實驗室裡觀察三年嗎？」

『好個有趣的問題。』泡泡稱讚似的說：『但反正泡泡我呀是打從心底相信這套理論的。只是偏不巧呢，本人在下我的新陳代謝比較快，所以理論上一般人的三年套用在泡泡我身上就變成是三個月啦，哈哈！』

『明明就是喜新厭舊容易膩，還硬要怪新陳代謝快咧。』

『好好好，妹妹說了算。』

「三個月……」我呿了一聲：「搞得好像試用期一樣。」

然後，這個無恥泡用一種恍然大悟的表情看著我，說：

『難怪喲，泡泡我呀當初去應徵時，老闆跟我說三個月的試用期什麼的鬼，當下我的第一個反應就是：好啦，那告訴我應該跟誰上床吧。』

「眞希望這只是你當時的OS而沒有眞的說出口。」

『喔，還眞的說出口了喲。』

「要命！」

『所以咧？你到底要不要帶人家物色個衝浪猛男好繼續下一個三個月？嗯？』

不理他，望著小艾，我煞有其事的說：

「換句話說，假設我先喜歡妳三年，接著再換妳喜歡我三年……以此類推的話，那我們的愛情就可以永保新鮮不分手了，對吧？」

說完，我期待的看著小艾。

我並不像剛認識她時那樣、會貪心的以爲她接著會說：哇！這聽來眞棒！那麼我們就這麼辦吧！我只是眞的眞的希望能夠從她臉上讀出一些有別於平常的什麼表情也好，例如悸動，又或者……又或者其他什麼能夠讓我覺得這三個月來的星期日下午沒有白費的安慰也好。

可是小艾卻只是避開我的視線而低著頭沉默，不太明顯的沉默；接著她抬起頭，她終於說：

『啤酒眞利尿，我要去尿尿。』

我突然覺得好沒力，眞的眞的就快要沒力了；撐不下去了，死了這條心吧、何銘彥，請你死了這條心、放自己一馬，好嗎？

「喝啤酒全勤。」

『什麼？』

喝啤酒全勤，凝望著小艾離席的座位，我說，我突然很感觸的說：

「你的愛情賞味期限只有三個月，時間一到，你就立刻閃人向對方請假，請長假，做的比說的還容易，既不抱歉也不感傷更不怕對方傷心，尤其我最佩服的是你居然還能夠一咪咪的罪惡感也沒有，輕輕鬆鬆的好像你只是修了一門課程然後時間到了就結業走人。我眞羨慕你。」

『突然的說什麼呀？』

「我眞羨慕妳。」凝望暫時被小艾離開的座位，我繼續說，有感而發的說：

「可是我呢？每個星期日的下午三點鐘固定會坐在這裡，喝啤酒吃薯條，可是你知道怎樣嗎？我其實很討厭喝啤酒，肚子會很撐，而且就像小艾說的，啤酒很利尿的。」

『所以你現在也要去尿尿嗎？』

「不是，我要繼續說。」

我繼續說：

「每個星期日的下午三點鐘，我固定會坐在這裡，和你們一起，沒有一次例外，簡直就像是喝啤酒全勤，還準時得要命，從沒遲到過，也從沒請假過，自從國中畢業之後，我就沒有這麼乖巧過了。」

『你說這一大趴到底是要表達什麼？』

把視線從小艾的空座位移向泡泡，我說：

「三個月。」

『你到底一直鬼扯三個月幹嘛啊？』

「你的賞味期限只有三個月，而我給自己的期限則只剩下三個月，我越來越害怕這會變成是延長賽，Over Time，因爲人是會不甘心的，我知道，而這正是絕大多數人在感情裡越輸越慘的原因：不甘心。」

『……』

「我越想越害怕，害怕我會變成自己以前瞧不起的那種人，愛情賭徒，不甘心。這一陣子尤其是這樣，這感覺尤其今天特別強烈。會不會其實我該提早認輸，放自己一馬？因爲我眞的覺得好累，而且我還是覺得威士忌比較好喝，可以慢慢的喝一整夜，不會溫掉，也不會一直想尿尿。」

『我說你啊、何銘彥……』

泡泡難得正經了口吻說話，可是我沒能夠聽到難得正經了口吻的泡泡想說的是什麼話，因爲小艾的聲音從我們背後冒出打斷了這難得的時候。她問：

『你們要走了嗎？』

『嚇死人喔！妳一聲不響的站在後面多久啦？背後靈。』

小艾沒有回答泡泡她到底在我們後面聽了我們說話多久，她只是聳聳肩然後笑了笑，接著她越過我、伸手拿起她的杯子，把剩下三公分左右的啤酒喝乾；我們跟著小艾把杯子裡剩下的啤酒喝乾，接著在起身掏錢的同時，我看見小艾越過我、挽著泡泡的手臂，而不是像之前那樣站在我的身邊一同向他揮揮手；我看見小艾撈起桌上的餐費、讓泡泡牽著手走向收銀台，而不是像之前那樣拍拍我的肩膀一起去結帳。

我好奇讓小艾挽著手臂是什麼感覺？我想像牽著小艾的手並肩一起走會是多美的畫面，我難過自己都已經愛上她九個月、怎麼會居然還沒牽過她的手？連碰都沒碰過？而且是連不小心碰都沒碰過？這九個月的意義是什麼？我對她的意義是什麼？我是怎麼了？

我詛咒自己想太多，我開始痛恨自己想太多。

跟在這對兄妹倆的身後、我們走到門口時，我看見小艾回過頭來望了我一眼，我看見她神情裡有個猶豫的什麼，彷彿是在等我開口說也像是在猶豫著自己說，我判斷不出來。我以爲我會聽到她開口告訴我：

『你要不要和我們一起吃個晚餐？上次和你一起買的鍋具送來了，我們可以一起吃個壽喜燒。』

我希望她這麼開口對我說。

可是她沒有，在那個猶豫的神情過後，小艾只是這麼說：

『那麼，再見囉。』

我該拿她怎麼辦？

我可不可以像個三歲小孩一樣、立刻撲倒在地，踢腿痛哭、大吵大鬧著說：我想要跟你們走，拜託不要留下我！

我該拿她怎麼辦？

我感覺自己好像是個候補哥哥的角色，在她的親哥哥忙著約會的空檔時期，代替上場扮演她的哥哥角色，送她回家，陪她吃飯，然後在本尊十點回家的那一刻，識相的起身說晚安、那麼再見了，還得小心翼翼的提醒自己別洩露了感情。天啊。

天啊，替補哥哥，甚至不是替補情人。天啊！我好像眞的眞的該要一路跑去廟裡給自己驅邪了。天啊！

我是怎麼了？

我突然好想去唱歌，唱悲傷的情歌，越可憐越好的那種悲傷情歌。哪一首悲歌最可憐？呆望著他們逐漸走遠的背影，我站在原地、忍不住的思考著；李聖傑、陳奕迅還是林俊傑？不，他媽的，我又沒有失戀我哪有資格悲傷，我只是想愛不能愛、給愛不被愛而已，我只不過是個普通的朋友而已、在她的眼中，哥哥的高中同學，哥哥般的好朋友，當她的親哥哥忙著約會時替補上場的好朋友而已，最普通的那一種。

我想唱的是陶喆的〈普通朋友〉：我願意改變～重新再來一遍～我無法只是普通朋友～感情已那麼深、叫我怎麼能放手～

不，才不是，我才不想要改變，我想要的是小艾改變，他媽的！要唱就唱黃小琥最經典的那一首〈不只是朋友〉好了。

你從不知道我想做的不只是朋友
還想有那麼一點點溫柔的嬌縱

你從不知道我想做的不只是朋友
還想有那麼一點點自私的佔有

想做你不變的戀人　想做你一世的牽掛
想做你不只是朋友

作詞／王中言　作曲／伍思凱

拿起手機，我撥了號碼：
「喂，要不要去唱歌？」
『哪時？』
「現在。」
『靠北！哪有人臨時約的啦！你是把我當成7-11了喔？！』
阿逵在手機那頭碎碎唸了起來，阿逵在手機那端碎碎唸了老半天之後，他才終於說了重點：『今天是我媽生日，從我出生以來，在我媽生日的這天我們家小孩沒有一個可以離開她的視線，這是陳家的規定。』

「喔。」

我已經想掛電話了，可是阿逵還是很想聊似的又問：

『還是說、我帶我媽一起去要不要？』

「再見。」

掛了電話，我再撥給胖打：

「喂，要不要去唱歌？」

『現在嗎？』

「嗯啊。」

『真不巧我人在台南和我女朋友一起，晚一點要不要？我們可以夜唱到天亮，反正明天早上又沒課。』

「那晚一點再說好了。」

『那好吧，再見。』

「掰伊。」

撥著手機，我繼續再試，一個一個的試，而當對話的開頭終於從「喂！要不要去唱歌？」變成：「嘿！好久不見，最近好不好啊？」然後：「我是何銘彥，還記得我嗎？」以及：「喔，抱歉，我不知道這個門號換人用了。」的時候，我明白，今天大概不是個適合唱歌的日子，也可能只單純是像先前阿逵說的那樣：哪有人臨時約的啦。可是我好想唱歌，唱那首好經典的老歌：不只是朋友。此時的此刻，在這種心情之下。

我想去唱歌，我甚至撥出了泡泡的號碼。

「就是突然想到咩。」

『神經病喔、何同學，剛剛幹嘛不講，我們都已經回到家了耶。』

『再出門實在是很煩，不過……包廂裡會有帥哥嗎？你知道、泡泡我喜歡的是有大胸肌的那一種。』

「有，我。」

『哈哈！掰。』

這屎泡。

算了回家吧，我這麼告訴自己，沒有什麼事情是兩杯酒過不去的，回家吧，喝兩杯我其實眞正喜歡喝的威士忌，慢慢慢慢的喝，把亂糟糟的壞情緒當酒喝掉，如果老爸不在的話，或許還可以把他珍藏的那瓶二十一年份單一純麥威士忌偷拿出來偷喝它個三兩杯。

只消兩杯酒就可以過去的，心底我這麼告訴自己，可是手指卻彷彿不聽勸似的，把玩著手機裡的通訊錄、不死心似的從頭又再看過了一遍，然後……

然後我的視線定在那個立刻就輸入卻始終沒撥出過的號碼，就當我猶豫不決的當下，我想起小艾那個猶豫的表情，她到底想跟我說什麼？她爲什麼想了想又不說？她到底知不知道我愛上她？或者就是因爲她早知道我愛上她了所以才更是故意的裝死到底，因爲我是她的候補哥哥，候補哥哥，甚至連候補情人都沒資格是，我該怎麼辦？我是不是眞的眞的該直接告白然後被她拒絕最後死心放棄算了，我——

他媽的。

我撥出了號碼。

第六章

『我還在納悶那時候你要我的電話幹嘛呢，都沒有打來過。』

這是手機接通之後，葛桔開口的第一句話。不是：『你好。』或者：『你誰？』甚至是直接掛斷或者乾脆不接起這陌生的號碼；我想像如果是小艾的話、大概就是會這樣做，八成就是會這樣做，直接掛斷，或者乾脆不接，陌生號碼，我之於她，只是個陌生號碼，替補哥哥，普通朋友。

我有點難過的發現自己好像越來越有在面對每個女生時都先把她想成是小艾作爲前提的習慣，或者說是癮。如果她是小艾的話，她會怎麼說？怎麼做？怎麼想？而我該怎麼說？怎麼做？怎麼想？我突然很想問葛桔她會不會剛好知道有哪間廟很靈可以幫我驅個邪，還是她聽了之後會乾脆提議我去拜月老或狐仙？

我想我大概是瘋了，眞的瘋了，她是未來的輔導老師，資優生一個，她怎麼可能會說這種話。

我不好意思的問她：

「妳怎麼知道是我？」

『通訊錄上有啊，李國慶今年更新的那一份。順道一提，裡頭我們的手機號碼都有，所以你那時候其實可以不用問我直接查通訊錄就可以。』

「呵，我沒想到，資優生果眞不一樣。」

『告訴你，我在北一女的時候可從來沒有拿過第一名。』

「但無論如何，妳永遠是我們班的第一名，我們心中的第一名。」

『呵。』

接著我知道，當那天我在fb向葛桔要電話時，她當下就打開那封李國慶寄給每個人的e-mail查看通訊錄上我的手機號碼，爲的是怕我打過去的時候、她會不知道那是我。

『而這樣會很尷尬，而且好像滿失禮的。』

葛桔笑著說。

我想告訴她、剛好我就認識一個女生而且剛好她完全沒有在在乎禮貌這件事的意思，而且最最剛好的是，我愛上她了，很愛她。

很愛很愛，中了邪似的那種，愛。

我告訴她：

「這大概就是爲什麼我一直遲遲沒有打電話給妳的原因吧，坦白說我一直覺得打電話給某人時還要先報上名字眞的很彆扭，我沒想到妳那麼細心，早知道就早點打了。」

『聽你這麼說，我開始有種未來會是個很好的輔導老師的信心了，謝啦。』

「呵。」

不曉得是不是我想太多，此刻我真的有種瞬間變回國中生而且正在和人很好的美女輔導老師談論小男生戀愛煩惱這錯覺，而她不會聽也不聽就打斷我還告訴我：你還不到談戀愛的年紀，你這年紀最重要的事是把書讀好！而她會怎麼說呢？我不知道，我只知道如果換成是小艾大概會這麼說：談戀愛又麻煩又無聊，我真搞不懂你們幹嘛那麼喜歡談戀愛，煩死了！回去上課吧、同學。

我忍不住回想葛桔國中的時候就這麼溫柔嗎？她對每個人都這麼溫柔嗎？還是其實這世界上所有的女生都很溫柔就除了小艾呢？會不會其實小艾也有她溫柔的一面呢？有沒有機會我能看到她的這一面呢？有沒有機會她能愛上我呢？有沒有機會我們可以不只是朋友？我到底該怎麼做？又或者其實我唯一該做的就是真的真的死了這條心算了？可是怎麼做？怎麼做才能夠真正的對愛情死心？對小艾單向的愛情死心？怎麼做？

『什麼死心？』

回過神來，葛桔在手機的那頭問我。

「好糗，我剛剛說了什麼？」

『嘟囔了一堆我沒聽清楚，只聽到死心這兩個字。怎麼啦？』

「我過了有夠慘的一天，本來星期日是我最喜歡的一天，嚴格說起來是星期日下午，」星期日下午三點鐘到晚上十點鐘、更精準的說。「可是我今天心情卻壞透了，我從五點左右就一直坐在機車坐墊上打電話想約人去唱歌，可是連一個人也找不到。」

可是我其實也不是很想去唱歌，我想要的是送小艾回家，騎機車的時候要很小心不要突然按煞車、免得她以爲我是故意吃她豆腐，雖然確實我一直一直就很想要這麼做沒錯，而且我還很想很想幫她戴安全帽，是因爲這樣我可能就可以不小心碰到她的臉，也是因爲這樣我們感覺就會很像情侶，我以前的每個女朋友我都會幫她們戴安全帽。

我想要的是送小艾回到家之後，她不會問我要不要上去吃個晚餐、我也不用問她能不能上去借個廁所，我們會就這麼直接把機車停好，然後上樓，然後小艾把包包放下的同時她會打開電視，而同時我會走向冰箱去拿兩瓶可樂、自在又自然的就像是那是我們的家一樣；接著她會問我晚餐想要吃什麼，可是不管我說晚餐想要吃什麼她就是做她已經準備好要做的晚餐，最後我會很識相的自己走去流理台洗碗，然後小艾會告訴我不用洗沒關係，因爲她很喜歡洗碗——就像男女朋友那樣，也像老夫老妻那樣，只不過差別是我們之間沒有性也沒有愛，男女之間的那種愛，就像她要的那樣，那種關係，沒有情也沒有愛，簡簡單單，乾乾淨淨。而最悲哀的是，我還自欺欺人的把這解釋成爲柏拉圖愛情，自欺欺人，還樂在其中，可是今天……

我眞的該去喝符水對不對？

回過神來，葛桔正在說。

『抱歉我可能也不是個唱歌的好咖，我是音痴，而且只去過一次KTV。』

「該不會就是我們國中畢業典禮結束之後的那個下午吧？」

『對。』

「嘩！那我眞是太榮幸了，居然參與了妳唯一一次的KTV經驗。」

『雖然很不想說，但就是你直接告訴我，我是個音痴這件事情。』

我趕快的否認：

「那是李國慶不是我，妳記錯人了。」

『你們還眞依舊是什麼都推給李國慶的習慣啊。』

「這就是李國慶存在的必要啊。」

我聽見葛桔在手機那頭笑了起來，而我也是，一掃陰霾的笑了起來。我告訴她：

「這是今天發生在我身上唯一的好事。」

『你這麼說讓我好榮幸，我只是接了電話而已啊。』

「眞的，有的時候需要的就只是這樣而已。」

『例如下午坐在機車坐墊上打光了通訊錄裡所有的電話這情況？』

「嗯，或者類似的。」

葛桔爽朗的說：『那麼下次又遇到這種情況的話，你就知道可以不用把我留在最後一個打了。』

「眞高興聽到妳這麼說。」眞的。「不過，這會打擾到妳嗎？我們好像講滿久了喔？」

『打擾到我什麼？』

「念書或約會什麼的。」

葛桔又笑了起來，不過這次的笑比起之前的笑卻好像多了點什麼，隔了滿一會兒之後，她才說：

『沒有念書也沒有約會，所以沒有打擾。』

我眞的很好奇，像葛桔這樣的女生、在星期日的下午通常都會做些什麼？我首先想到的是約會，和一個同樣很優質的男生約會，未來不是醫生就是律師之類的優質男生；然後我想到的她會是和朋友在咖啡館裡聊天，聊學校或感情或聊不在場的同學，或者剛才買的衣服鞋子或包包，而重點是席間絕對不會有粗話的出現；接著我又想到她更可能會是在圖書館裡閱讀，不見得是世界名著，但反正會是些很有氣質的書就是了，或許會是歷史，想著想著我突然覺得星期日的下午在圖書館裡倚著下巴、翻閱歷史書籍的這個畫面眞眞超適合葛桔的。不過圖書館星期日有開放嗎？

「圖書館星期日有開放嗎？」

『有啊，圖書館通常是星期一休館，不過可能也有例外的吧，怎麼突然問？』

怎麼突然問。我注意到葛桔用的是這五個字，如果是小艾的話，八成就會是：幹嘛？

「沒有，突然想到而已。」我決定直接問她：「妳現在在做什麼？我是說除了和我講電話之外。」

『遛狗。』

「吭？」

幫她的表姐溜狗，葛桔說。早上和下午各一次，通常一次十分鐘最久也不會超過半小時，因爲她表姐的狗很懶；這可以說是打工的性質，也可以直接說是表姐對她的生活資助，不過當然不會直接說破。父親的過世、對於她們母女倆的生活最大也最直接的影響就是少了經濟的支柱，這也是爲什麼她們當年匆促搬家的原因之一。

「妳們搬哪去了？」

我這次沒有分心想到如果換成是小艾的話、她會怎麼回答？因爲我注意到葛桔說的地方離這裡不遠，想也沒想的、我脫口而出：

「那要不要一起吃個晚餐？」

沉

。

默

在這短暫的沉默裡，我飛快的想起泡泡下午才說過的：國中畢業之後就沒再聯絡過的同學，這難道不是充分說明了已經完全陌生了嗎？我心想：已經完全不熟了的兩個人，又哪來這種臨時約吃晚餐的交情呢？我心底還想的是，此時此刻的葛桔會不會也正在這麼想呢？她一定正在這麼想吧！她會不會接著就這麼說呢？換作是小艾的話，一定接著就會這麼說吧？而且是存心故意要讓對方窘死的這麼說吧？

該死！

我窘斃了的解釋：

「當然我的意思不是——」

該死！我詞窮，我的意思不是什麼？我眞想立刻打電話給泡泡問問他、我該接著說我的意思不是什麼。該死！我是不是眞的被這對兄妹茶毒太深了？

憑著自己的力量，我重新說：

「當然我的意思不是這麼臨時的約妳會就有空。」

『是啊，一般來說是要提早三個月跟我預約的。』

楞了好一會之後，我才意會過來、這是葛桔在開玩笑，鬆了口氣、我說：

「眞沒想到原來妳也有愛開玩笑的一面嘛。」

『誰不是這樣呢？』

「有啊，我們的數學老師。妳還記得她嗎？什麼雲的。」

『眞沒想到你到現在還記得她。』

「而且還是很討厭她，而且還不只是我這樣而已，嚴格說來是每個被她茶毒過的倒楣學生吧。」

『唔。』

「好啦，言歸正傳，妳想吃什麼？」

『義大利麵。』幾乎是連考慮也沒有的，葛桔果斷的說。『我正好準備待會兒去吃義大利麵，而且我正好會是一個人去吃義大利麵，所以如果有個人可以坐在我的對面一起用餐的話，那當然是再好不過了，否則都會很容易被併桌、一個人在餐廳吃飯的話。』

「呵。」

接著葛桔仔細的告訴我那家義大利餐廳的地址，最後她說：

『我有個朋友也經常這樣，臨時跑來找我吃飯。』

不太明顯的、葛桔說。

義大利餐廳，兩個畢業七年之後都沒再聯絡過的國中同學，葛桔和我，以及她點的奶油培根義大利麵和附餐冰紅茶，還有我的現烤披薩和附餐熱咖啡外加單點一瓶啤酒先上；先邊喝啤酒邊等待披薩烤來的同時，我發現原來再見面的氣氛完全不會像泡泡說的那樣冷到西伯利亞去，我們反而聊得熱絡，完全延續了我們方才在電話裡那樣。我在心底提醒自己下星期日的下午三點鐘一定一定要告訴泡泡這件事情。

眞是呸他個屎泡。

「除了頭髮變長之外，妳跟國中的時候完全一模一樣耶。」

『我知道我是長得比較老成一點。』

「喔、不，我不是那個意思，我是說——」

『鬧你的啦。』

「呿。」

『不過你倒是變了個人似的，幾乎都認不出你來了。』

「是啊，國中同學會的時候我聽這句話聽到快耳鳴。」

葛桔笑了起來，接著我說起下午泡泡和小艾是如何拿我國中時身高才一四五這件事情說嘴個不停，說著說著我還乾脆就模仿起這對兄妹倆的對話——不論說到什麼、都要以『而且他國中時身高才一四五。』作爲句子的結尾時，葛桔更是笑到得把叉子放下才行。

『好有趣的兄妹檔。』

「簡直就惡魔一對，眞是後悔認識他們。」我說，然後提議：「如果妳有興趣的話，下星期日下午三點也可以一起來啊，我們每個星期日的下午三點都會在那裡喝啤酒吃薯條。」

葛桔露出了爲難的表情：

『我喝酒會起酒疹。』

「喔、那眞可惜，因爲小艾她只有啤酒還有泡泡在的場合才會出現。就是那對兄妹檔，小艾和泡泡，泡泡是我高中同學。」

而小艾則是我愛得要命卻偏偏不能被她知道的女生，否則她會連朋友也不和我當，因爲她有過濾所有想追她的男生這怪癖。她是不是很怪？

我以爲我會這麼說，然後這麼問，最後再自我解嘲一番，可是我沒有，卻沒有；或許越是在意的事情、往往就越難說出口吧，我心想。

披薩上桌，終於，我餓死了。

「問妳一個問題，如果冒犯到的話，還請原諒喔。」

葛桔面帶微笑的說：

『告訴你一件事情，一般人聽到這個開場白，通常就會先感覺到被冒犯而生氣了，就算是那個問題其實並不會冒犯。』

「是，未來的葛老師。」

『乖，現在的何同學。』

於是我就問了：

「我實在很難相信妳會是個星期日晚上一個人獨自外出吃飯的人耶。」

然後她就笑了：

『我就知道你要問這個。』

很多人都這樣說。葛桔開始說。

她待人眞誠和善、而且絕對不耍心機，對待每個人也總是保持耐心和細心，說到這點時、她有點不好意思的笑了，我於是點頭支持她；與其說是距離那種會被討厭的女生類型相差甚遠、倒不如直接說是她的人際關係是壓倒性的沒話說，當然，沒有理由被討厭，她想破頭也沒有，而別人也是；在班上她和每個同學都處得來、處得好，不只是表面上的那種和氣相處而已，也有幾個能夠說上知心話的同學，可是奇怪的是，那種所謂的姐妹淘，她卻好像眞的一個也沒有。

『就例如說今天這種情形吧，有時候星期一我們會聊到昨天做了什麼啦、和誰出去之類的，接著我說了一個人待在家裡、晚餐自己出去吃的時候，她們都會表示相當驚訝，然後補上一句：早知道就約妳了。吃飯、逛街、看電影……諸如此類的，可是接著再下一個星期，卻還是都沒有，因爲她們都還是以爲我已經有約了、或者已經有事情要做。眞搞不懂爲什麼，好像她們眞的很怕打擾到我似的，有時候我會眞的很想把歡迎打擾這四個字刻成墜飾掛在脖子前面算了。』

「可能就是妳看起來人緣太好了吧。」

『而且也太被動了吧，我想。』

「大概。」

我說，然後告訴葛桔，小艾也是這麼個被動性格的女生，不過她倆的差別在於：小艾是眞的很討厭被打擾。

「她很怪吧？」

葛桔沒有回答我，她只是一臉有趣的看著我；我連忙回想剛才提起小艾時是不是臉上表情洩露太多？

我低頭吃披薩。

葛桔繼續又說：

『還有男朋友也是。』

「我正要說。」

「所以呢？你可以就一個男生的立場告訴我，到底我的問題出在哪裡嗎？」

『首先就是，我會先入爲主的認爲妳一定已經有男朋友了，然後就打消想要追妳的念頭。』

她笑了起來，想必這話她已聽過不少。

「然後接著，知道妳還是單身的時候，我還是會先入爲主的認爲像妳條件這麼好的女生，眼光一定很高，而且我一定配不上妳，然後再次打消想要追妳的念頭。」

『天哪！我想我大概會孤獨終老。你呢？』

「我什麼？」

『爲什麼沒有女朋友？你看起來是滿多女生會喜歡的類型。』

「眞遺憾我跟妳的情況略有不同，可能會被先入爲主的認爲一定已經有女朋友了，但絕對不會被認爲條件太好所以眼光太高所以一定配不上我。」

我嘆了口氣，接著說道以前的戀愛運還滿不錯的，我指的是高中之後，換成泡泡和小艾的話、也就是身高不再是一四五、還是穿著國中制服的小學生模樣之後。

就追女生這方面而言，不夠資格說是每次出手就會到手，不過說眞的、成功機率是不小的，而且還眞眞有幾次被女生追求過的經驗。

「正確說來是兩次。一次我們變成男女朋友，另外一次不是我喜歡的類型，不過後來我們還是保持著滿好的普通朋友關係。可是搞不懂的是，自從九個月之前、遇到個佛地魔之後，這一切彷彿就變了，好像我的戀愛運整個被吸乾了似的。」

突然的、葛桔說：『小艾？』

我嚇了一大跳，還眞的差點從椅子上跳了起來。「怎麼可能？」我說，然後慌張的伸長脖子四處張望：「她怎麼可能出現在這裡啦？」

葛桔開開心心的笑了起來，比之前幾次都更用力的那種笑開來。

『我是說，你所謂的佛地魔就是小艾吧？』

我先是鬆了口氣，然後才意識過來的紅了臉，我不好意思的問她：

「妳怎麼知道？」

『早就猜到了，從你第一次談起她的時候，表情都不一樣了。她是怎麼樣的女生？』

「外表很有女人味，不過個性還滿男孩子氣的，不過是個古怪的人就是了，如果是穿牛仔褲的話，她常常會踢掉高跟鞋、盤腿坐在椅子上，我指的是在外面的場合。」

我說，但我沒說有時候——不，是經常我會坐在電腦前面逛著網路購物的女裝網頁，不是因爲我有變裝癖，只單純是有回和小艾這麼逛著時，我發現她簡直就是從那裡走出來的網拍模特兒，只不過她沒有那麼濃妝豔抹就是了，小艾甚至痛恨假睫毛和唇蜜。

因爲沒有她的照片，所以每當眞的很想很想看到她的時候，我就會瀏覽這些網拍模特兒、一解相思之苦。天啊！我怎麼這麼可憐。

「而且她滿酷的，雖然就男人的立場而言會解釋成難搞就是了。」

我說，接著我轉述泡泡有一次說起有回學校裡有個男生追求小艾的事。

『妳的眼睛好漂亮，我可以認識妳嗎？』

這是那個男生的追求台詞，而我則一直很好奇那個男生長什麼模樣？是什麼樣的人？因爲聽了之後，小艾她的回答是：

『是喔，謝謝，那你要不要我整型醫生的電話？』

葛桔聽完之後立刻開懷大笑，我很高興她和我一樣當下就捉到了這個笑話的笑點，而不是接著問道：她有整型嗎？然後讓氣氛瞬間冷掉。我忘記那個男生他當時是不是接著這麼問小艾：啊，原來妳是人工美女啊。

但願他不是。

「妳呢？」

『我什麼？』

「是那個也經常這樣、臨時跑來找妳吃飯的男生對吧？」

這次，換葛桔臉紅了起來。

第七章

『這也可以解釋成沒口德的表現吧？』

聽完之後，阿逵這麼說；阿逵這麼說完之後，台上的教授惡狠狠的瞪了我們一眼。

好，對不起，老師在上課而學生在聊天，這實在很沒禮貌，我知道錯了，我道歉，別當我。

於是我改用傳簡訊繼續聊：

──請解釋這爲什麼沒口德？

然後阿逵的手機滴滴響了兩聲，於是教授再度惡狠狠的怒視他；我趕緊挪了身體把臉轉開、擺出一副這次不關我的事的無辜表情，並且在教授低頭繼續講課的同時，我也趕緊低頭把手機切換成爲靜音模式。

下一分鐘，阿逵的簡訊傳來，沒有滴滴兩聲，眞是謝了、這個替死鬼，這替死鬼的打字有夠慢，短短三行字他老子居然要花去一分鐘輸入。

──把別人的事情到處說就是沒口德，尤其又是葛桔，這顯得更加可惡。

──你白爛。我明明只說了我們下星期二約了吃鵝肉。

又等了一分鐘：

──我指的就是這個。誰想知道葛桔那樣的氣質美女居然喜歡吃鵝肉！

哈哈！果眞不愧是混了三年半的好兄弟，反應台詞都和當時的我一樣。

當時葛桔並沒有接著告訴我、那個男生是誰，可能是她不想說，也可能很單純只是因爲當時服務生正好走到桌邊幫我們收走桌上已經喝乾的空杯子，並且臉上表情明顯在說：說完喝乾也差不多該買單滾人了吧？沒看到門口還有人在排隊嗎？

我們於是識相的買單走人。

之後我送葛桔回家，當我拿起那頂本來是特別買來給小艾戴的安全帽時，心情多少有黯淡了一下，不過還好，也只是那麼一小下下，託了葛桔的福、眞的。在葛桔家樓下，我們倚著機車閒聊幾句話別，接著也忘了是誰的提議，反正我們這麼說著說著就約好了下星期二一起吃晚餐。

「爲什麼是下星期二？」

『我下星期二再告訴你。』

「好吧。」

然後我問道要吃什麼好呢？我記得很清楚當時葛桔猶豫了一會，接著不說話，當她再開口說了話之後，我才明白她剛才爲什麼要猶豫。

葛桔小小聲的說道她想吃鵝肉（正確說來，是我家附近一家名叫作鵝霸王的鵝肉店。她當時很具體的指出這點）時，我抱著肚子瘋狂大笑。

「鵝肉？天啊！沒有冒犯的意思，不過這兩個字眞的很不適合從妳嘴裡說出來啊！」

『何銘彥！』

「我是說……妳長得一副就適合擺在咖啡店或圖書館裡的模樣，但結果妳卻喜歡吃鵝肉？」

『謝謝你精闢的見解喔。』葛桔又氣又哭的說：『我下星期二再告訴你關於鵝肉的故事。』

「當我們下星期在鵝肉店裡吃鵝肉的時候嗎？」

揮揮手，然後，她說：

『下星期二見。』

星期二晚上，「鵝霸王」鵝肉店，坐在折疊桌旁、塑膠椅上的葛桔和我，以及鵝肉一盤、海鮮炒麵、牛肉炒飯、炸肥腸、炒山蘇和鮮魚湯。

『好啦，這下你又要針對炸肥腸和我這個人發表什麼言論了嗎？』

「我承認本來是打算這樣的，不過現在……」又挾了一塊炸肥腸送進嘴裡，咬了咬再吞下去之後，我說：「沒有。」

這炸肥腸實在是太好吃了、我的媽啊！我一向痛恨內臟類的食材尤其是腸子類尤其是炸肥腸，但、天啊！原來炸肥腸這麼好吃啊！是這一家的炸肥腸好吃、還是其實所有的炸肥腸都這麼好吃？

「妳怎麼會知道這家店的？」

這家白天是個洗車場，而晚上才搖身一變、開始營業的鵝肉店，放眼望去盡是以中年大叔為主要顧客的裝潢簡陋鵝肉店，不、與其說是裝潢簡陋倒不如直接說是桌椅擺擺然後就開始營業的鵝肉店。

『我爸帶我來的。』

葛桔說。

葛桔開始說：

葛爸爸是這間店的老主顧，雖然已經不可考、不過顯然他從還不是中年大叔的時候就開始光顧這間店了，因為葛桔印象中老闆好像已經認識他一輩子了似的。

『我和我媽媽只來過幾次，通常都是我爸生日的時候，只有我爸生日的時候，我們才會陪他來。』

葛爸爸通常是自己來吃，葛媽媽不會和他來，因為葛媽媽不喜歡外食，衛生考量以及營養考量，就算是只有自己一個人的晚餐，她也寧願自己隨便下碗麵來吃，是這種程度的不愛外食。而葛桔也是，不喜歡來，不過原因卻大不相同。

『小時候當然沒有印象，不過長大後的理由其實就和你一樣，或者應該說是，就和你認爲的我那樣。』

這裡怎麼會是適合她這樣子的女生來的地方呢？如果被同學路過撞見的話，一定會被笑的吧？

『告訴你，從國小開始大家就已經這樣看我了：葛桔應該這樣，葛桔應該那樣，好像是喝露水長大的葛桔，她應該沒有排便的需要吧？她也會有需要放屁的時候嗎？不只是同學，連老師都是這樣看我的；有一次我感冒擤鼻涕時還把她嚇了一跳：原來妳也會流鼻水喔？大概是這方面的嚇一跳、我想。』

我不好意思的笑笑，因爲確實她在我心中也是這種既定印象：知書達禮，比賽第一，書法、演講、作文，或者任何所有的比賽；雖然討厭體育課、但還是會忍耐著上完，雖然痛恨吃紅蘿蔔、但還是會聽媽媽的話乖乖吃掉；會彈鋼琴是一定要的，而且說不準連琵琶都難不倒她的那種女生。

「會不會覺得很煩？」

『有陣子會，不過習慣了就好；反正別人怎麼認爲我、那是他們的事情，我管不著，而實際上我是怎麼樣的人、那就是我自己的事情了，別人也管不著。笑什麼？』

「這種話通常都是從被討厭的女生嘴裡說出來的，真難想像妳這種女生也會有這樣子的煩惱。」

『我這種女生。』

葛桔扮了個鬼臉，然後繼續說起葛爸爸，以及當時也覺得自己應該是別人認定中的葛桔的那個她。

而那天是那個葛桔的十五歲生日，我們國三那年。

那年葛桔生日那天，葛爸爸突然提議全家來到這裡吃晚餐慶祝，而葛桔的反應雖然不至於是直接的抗議、拒絕，不過不高興是真的有的；她記得在那之前還和媽媽計劃好了要去王品吃牛排。

『或者去香雞城吃手扒雞也好啊，爲什麼就非得吃鵝肉呢？而且又是我生日。』

葛桔說。不過當時的那個葛桔並沒有把這堆埋怨說出來，因爲她覺得葛爸爸當時候看起來好像眞的眞的很想要她們陪他來這裡吃一次晚餐。

『因爲眞的很想拒絕但又不好意思拒絕，所以只好一整晚都垮著臉、鬧脾氣，可是我爸很粗神經，搞不懂我是在鬧彆扭，以爲我是聯考快到了壓力很大什麼的，還一直安慰我沒考上北一女也沒關係啊，反正男女合校的話還比較容易談戀愛嘛。眞是的！搞到後來我只好騙他：沒有不是啦，我只是生理期來了不舒服而已。』

「什麼？仙女也有生理期？」

『喂！』

葛桔笑了起來，不好意思拒絕不笑的那種笑。

那天整個晚上葛桔都在生悶氣，而且最悶的是、葛爸爸還沒看出她是在生悶氣而且是爲此生悶氣，忍耐著回到家之後，她索性就直接去洗澡然後回到房間睡覺了。

『通常洗完澡之後，我都會在餐桌旁喝杯熱牛奶然後和我爸爸聊一下天的，可是那天晚上並沒有；那天晚上我們應該還是有簡短的說些什麼話吧？例如：妳要先洗澡喔？那我看一下電視好了。這類的，可是我完全想不起來，完全想不起來我們說的最後一句話是什麼，也想不起來我有沒有和爸爸說最後一次的晚安。』

甚至是，有沒有好好的看爸爸一眼，最後一眼。

隔天葛桔起床準備時、葛爸爸一如往常的還在睡覺，而補習班結束準備回家時，來接她的人不是一如往常的葛爸爸卻是葛媽媽，當時她其實心底就有了個什麼。

『我希望他是突然要加班，或者生病了躺在床上休息，三兩天就可以痊癒的那種，可是不是，爸爸下班的時候遇到車禍，然後走了。

『我記得很清楚，隔天醒來第一個念頭居然是：明天還要去上課嗎？這樣會不會很奇怪？是這麼樣的一個念頭，而不是：爸爸走了，我再也見不到他了；我沒有爸爸了，而我第一個想到的卻還是我自己！每次一想到這點，我就……』

我遞了面紙給她。我記得當班導師告訴我們這個消息的那一天，我們從來沒有一個人看到葛桔哭。我告訴她這件事，當她哭泣過後，心情平復之後。

我告訴她這件事。

『麻痺，或者說是否認，這是一般人面對至親驟然離世時，經常會有的反應。時間會沉澱一切，不見得會過去，但就是會明白，然後原諒自己，或者對方。現在的我眞的這麼覺得，所以不用急著生氣、悲傷，或自責。』

「以後遇到妳的學生會很幸福，我眞的眞的這樣覺得。」

『謝啦。』

「而且重點是：這裡的東西眞的很好吃，好吃到破表，尤其是炸肥腸。」

『尤其是炸肥腸。』

葛桔同意的說。

我們各自沉默著喝完三口啤酒和綠茶，確定葛桔是眞的心情平復了、而非因爲她是葛桔所以必須就要這樣。我問她：

「所以呢？今天是誰的生日？還好那天回去之後我就先上fb查過，否則這會兒我手邊就會多了一疊金石堂禮券給妳當生日禮物。」

『你絕對不會相信我拿過多少的禮物是圖書禮券。』

「相信我絕對是相信的。」

『眞是、謝啦。』

「不然妳最想要的生日禮物是什麼？反正還沒到，明年來得及送。」

『拯救。』

「吭？」

『開玩笑的啦，其實我眞的很喜歡圖書禮券，我清單上還有一堆書等著存錢買呢。』

「是他嗎？那個男生？」

『……』

「先假設今天是他的生日好了，而你們不但沒有一起過，而且妳還刻意找別人——剛好就是在下我——避開掉這個晚上。你們怎麼了？」

『……』

「爲什麼妳最想要的生日禮物是拯救？」看著她，我問她：「妳怎麼了？」

葛桔慢慢慢慢的說。

爸爸的過世讓她開始明白，自己不想要再當那個乖乖牌葛桔了。如果時間可以倒轉的話，她真想要在聽聞爸爸過世的那一瞬間就立刻歇斯底里、嚎啕大哭，或者還可以任性的反覆嘶吼：我不要。她想要徹底的崩潰，在爸爸的告別式上哭倒昏厥，或者乾脆就故意考壞聯考，或者甚至就此變壞，諸如此類，而不只是乖巧懂事的安慰媽媽，以一副「我很好，請不用擔心我」的堅強姿態反過來安慰身邊那些面對她時、想要安慰她卻又不知所措的同學、老師和鄰居，而且還考上北一女。

她覺得自己好累，勇敢的好累。

爸爸的過世讓她意識到自己不想要再當那個乖乖牌葛桔，而他的出現則讓她眞正跨出那一步，告別過去的自己：完美無瑕，不犯錯。

那年她大一，他研二，偶爾會被教授捉去當助教，更經常被教授捉去打籃球；她是教授最疼愛的學生，他是教授喜歡到捨不得放他研究所畢業的學生，而這是他們認識的起點。

『第一次看到學長的時候，我心底第一個浮現的念頭是：原來我喜歡的是這一類型的男生。』

而往後每一次看著他時，她心底的念頭不變，還越發強烈：我眞喜歡這個男生。

他們開始變成朋友，只是朋友，好朋友；那是她第一次體認到情竇初開的滋味，而他則已經有個交往好久的女朋友。

『好典型的戀愛故事，典型到簡直無聊。你確定你眞的想聽嗎？』

「非常確定，請繼續。」

典型的愛情故事，只不過，是第三者版本。

就像是後來改拍成電影的小說《分手信》裡頭寫的那樣，故事分成三個章節：開始、過程和結束。其實說穿了，這天底下所有的愛情故事、不管眞實虛構不都只是如此？都只是三個章節而已；差別只在於，置身其中的戀人們，後來怎麼述說它？回憶它？感受它？

感動人的從來就不是愛情的本身，而是置身其中的戀人們。

『我不想細數我們愛情三章節裡那其實大同小異的細節來煩你。』

她怕說得太甜蜜，而我會誤以爲她不知道那是錯的；同樣的，她也不想說得太悲傷，她怕那會傳遞出一種她受了委屈的訊息，而那同樣是不正確的；正如同在愛情裡誰主動、誰被動，這到底有什麼重要？連性別角色在愛情裡都已經早就不再重要了，不是嗎？

而在他們愛情的第一章裡，她就已經明確的知道自己是第三者的角色，她知道那是不對的，而他也是，可是……

『可是愛情從來就不聽理智的話。』

儘管他們從朋友變成情人，不再只是朋友，但他們之間卻還是從來不提愛，和未來，以及她，他的她。鴕鳥心態，得愛且愛，認了吧。

愛情從來就不聽理智的話。

『有時候我難免好奇，他會不會向她提起我？如果會的話，會是以一個學妹的尋常口氣？還是話語裡藏不住的閃躲？』

不過總也只是想想而已。葛桔又說。

然而他們的結束，倒千眞萬確是因爲理智。

『他那天同樣突然跑來找我，一聲不響的，人到了樓下才打電話上來，問我是不是在家裡？自從我們交往之後，我總是讓自己盡可能待在家裡，因爲我不曉得他什麼時候會突然跑來找我，我不想錯過任何一次，任何一次。

『我一直很想告訴他，可不可以不要這麼即興派，能不能夠讓我們預約下次的見面時間，可是我從來沒有這麼對他說，因爲想也知道說了之後他會有什麼反應。』

他會聳聳肩膀，然後說：可是我不知道我什麼時候會突然想妳啊。而且妳不在也沒關係，我只是突然想看妳、然後來找妳而已。重點不是妳非得在不可啊。

重點是她也想看到他，她不想錯過任何一次能夠看到他的機會。

死結。

了結。

他一向就是個即興派，行動派，而那天也是。

她一下樓看到他的臉就知道了，他們的第三章到了，The end，她猜到，模模糊糊的感覺到；而他和她的第三章，則無限的延長，Over Time，因爲他們要結婚了。

『感覺好像回到了我爸爸過世的那天，明明是該哭泣或者任性或者任何戲劇化的畫面，但結果我的反應卻是傻傻的問：那，你們的結婚典禮我要去嗎？搞不懂我怎麼會這樣。』

「麻痺，或者說是否認，」我用葛桔說過的話回答她。「否認自己眞正的感覺。」

『好像是喔。』葛桔伸了個懶腰，然後淡然的說：『不曉得時間會不會幫我沉澱一切呢？沉澱我和他的這三章，然後，原諒我自己，還有他。』

「會後悔嗎？」

『不會。』想了想，葛桔說：『還不會。』然後葛桔皺了皺鼻子，她刻意灑脫的說：『不過畢竟是初戀，所以總覺得應該……不曉得該怎麼說。』

「我懂。」

我告訴她、小艾曾經說過的這段話：

「我有個朋友——喔、他媽的，其實就是小艾，她說：人的一輩子，如果從來沒有談過戀愛，也從來沒有被愛情傷害過，或許其實更幸福也不一定吧。」

『這個嘛……』

「嗯，我懂。」

各自沉默了好一會兒之後，葛桔微笑著說：

『我本來以爲你會用老生常談的語氣安慰我，沒關係啦，反正會有人再愛妳，所以這個那個……諸如此類。』

「如果我這麼老生常談的說了，妳會怎麼回答我？」

『可是我就是只想要愛他而已，雖然那已經是該過去的事了。』

「呵。」

『好吧，其實還沒眞正過去。』

「嗯？」

『藕斷絲連，放不下。』低下眼睛，葛桔說：『知道嗎？如果可以的話，我眞的眞的很想要在小說裡買一個永遠，他永遠愛我，而我永遠愛他；或者是唱一首歌，鎖住我們的感情，愛情。可是那是不可能的事情，對不對？』

「好像是。」

『眞希望能夠被拯救哪。』

最後，葛桔只這麼說。

第八章

『這太正點了、何阿彥！』

雖說這壓根不干阿逵的事，但他依舊興致勃勃的說：

『她陷在一段毫無希望而且眼看就要結束的愛情裡，然後她剛好對你發出求救訊號，她希望能被你拯救、在我聽來就這意思！』

「在我聽來，如果你再繼續鬼扯這堆有的沒的，我們下星期的小組報告會完蛋。」

『我是跟你說眞的、何阿彥！』阿逵嘆口氣，然後搖搖頭，他心痛的說：『明明沒談過戀愛的人是我不是你——喂！胖打！』話說一半，阿逵轉頭、隨手抄起拖鞋K他：

『下星期就要上台報告了耶！你現在還給我MSN！』

『我只是跟我女朋友說我人在你家做報告而已啊，反正你們也在聊別的。』

『還藉口一堆！』

『而且我負責的資料都找得差不多了啊。』

『資料找齊了之後是不會幫忙整理喔，還虧你是我們三個人打字最快的。』

『可是那是你的——好啦。』

「就告訴你，不要移駕到你房間，對胖打而言，看到電腦不去使用它，就像是你看到美女不去意淫她一樣，都是不人道的事情。」

『喔、對，意思是陳皓逵等同色胚。謝你喔。』

阿逵再度隨手抄起另一隻拖鞋K我，同時他悲吼：

『客廳也不行，因爲有電視！餐廳也不行，因爲有冰箱！難道是要我們三個人擠到浴室去嗎？那個畫面能看嗎？』

「是不能看，所以胖打你再不認眞一點我們就要把你綁起來吊陽台！」

『你就光會欺負他。』

「還不是學你的。」

然後，我們異口同聲：動作快點、屎胖打！

雖然我們嘴上是這麼說，然而當胖打開始投入整理報告資料的時候，先發制人的阿逵卻又回頭繼續喝著可樂聊葛桔：

『所以是怎樣？不是你的菜？』

「你再不專心弄報告，我就把你沖馬桶！」

『掛天花板你看怎麼樣？』巴了一下正準備開口講話的胖打之後、阿逵繼續又說：

『想想，你拯救她走出不倫戀，她拯救你走出小艾的魔掌，這樣不是很好嗎？而且她又那麼漂亮，更別提她那有錢買也買不到、整也整型不出來的氣質。』

我同意阿逵的說法，可是很奇怪的是，當我開口說話的時候，我卻發現我好像是小艾鬼上身了。我告訴他：

「我討厭有種族歧視的人和黑人。」

『吭？』

「我討厭肚子餓和吃了但不飽。」

『閉嘴啦、胖打。』

「放他出去買宵夜啦。」

『鹹酥雞三份。滾！』

當胖打歡天喜地的滾出去買宵夜之後，阿逵立刻的問：

『你剛剛突然的講什麼？什麼歧視什麼人的？』

「就那個種族歧視的冷笑話啊：我討厭有種族歧視的人和黑人。小艾告訴我的，很冷的笑話對吧？」

『無聊，突然的講這個幹嘛？』

「單身歧視。」

我告訴阿逵，不、正確說來，應該是我轉述小艾的話給阿逵聽；當我把小艾那套單身歧視以及戀愛麻煩論、原封不動倒往阿逵耳膜裡時，我在想我是漏掉了什麼沒講？還是其實這話就是要從小艾嘴裡說出來才有說服力？因爲他的反應不是我當時的假裝同意或者假裝沒有不同意或者有種就乾脆搖她肩膀直到把她搖醒算了（可是沒種，哎）。這會兒阿逵什麼反應也沒有、就只除了整個人呆掉而已。

好像我方才說的那一大啪話不是以上那些卻是我神祕兮兮又證據確鑿的告訴他：對！外星人確實存在，因爲你兄弟我就曾經被外星人綁架過而且還不止一次被外星人綁架過而且你猜怎麼著？外星人其實就是未來的地球人搭乘時光機回來看我們這些老祖宗啊！你是不是也被未來我們會演化成外星人那滑溜溜的模樣這件事情狠狠嚇一跳啊？不想太快面臨的話、那就好好愛護地球吧！還有、順道一提，哆啦A夢其實不是漫畫是預言哈哈！只不過抽屜的事他搞錯了：不是抽屜是蟲洞。

阿逵呆了好久，眞的好久；呆了好久終於回過神來但看起來好像還處於彌留狀態的阿逵只說了這番話：

『快逃吧、何阿彥！趁早抽身、眞的，你簡直就被小艾同化了。她不愛你就算了，但你也不要讓自己變得像她一樣對愛情過敏。』

對愛情過敏，像小艾那樣，快逃吧，趁早抽身。

當我再度想起阿逵這番話的時候，是星期日下午當我們喝到第二杯啤酒喝過一半時，泡泡正在說：

『拯救，當然。你想想，她的爸爸太早離開她，她的初戀情人又是一開始就註定了終究會離開她的男人，這樣的一個女孩、照泡泡我說，當然是希望被拯救也需要被拯救。如果我是異性戀的話，我也想要拯救她。』說完，泡泡確認似的看著我，問：『倒是，她本人和照片差異大嗎？』

「不大。」我說，然後立刻警告他：「你不要再騷擾我fb的好友名單了、泡泡！李國慶都告訴我了！」

『哼！小氣巴拉鬼，誰叫你都不介紹他給我認識，泡泡我呀就只好自己來了。』

「要不是他人太好太老實，否則他早就把你移除了。」

『我只是真的很想認識刑警而已嘛！而且你的李同學剛好有認識的學長就是刑警呀，泡泡我呀，此生的夢想就是能夠有過刑警男朋友。』

「怎麼變刑警？不是消防員嗎？」

『喔，消防員和刑警。』

然後啦，泡泡他就開始說起前陣子他是如何下班之後好累好累精神恍惚於是在倒車時沒注意到後面停著台車子接著就一個倒車過頭A到了。說著說著泡泡還當然舉起手來發誓真的真的就是一秒鐘的事情而已。

一秒鐘發生的事情如下：

第一秒：後方有個男人大吼喝止他。

同一秒：他才發現他A到後面的車。

接著下一秒：泡泡愛上他了。

眞是好個不驚訝。

『他命令我立刻下車和他一起檢查他的車子有沒有被我擦碰到，那動作那口吻之專業呀、讓我立刻就猜到他本身一定是個刑警，因爲活脫脫就像是我看過的警匪片畫面！差別只在於沒有開槍掃射和飛車追逐而已。而且重點是他眞是帥呆了！果眞你猜怎麼著？』

「果眞他是個刑警，而且你因爲性騷擾他進了警察局最後叫小艾保釋你出門臨走之前你還是意猶未盡的把你的手機號碼硬是留給他？」

『才沒有。』泡泡白了我一眼，泡泡有夠嬌媚的白了我一眼。『結果車子根本也沒擦碰到，然後我們小聊一下可是他好像趕時間還什麼的，就只有口頭告誡我開車小心一點然後就放我走了。眞可惱，早知道我就狠狠給它撞下去了，這樣我們還可以多見幾次面談理賠啊什麼的。』

「天啊，你果眞還是高中那個泡泡。」

『我高中時怎樣?』

『他高中時怎樣?』

我把泡泡高中時因爲暗戀一位交通警察於是故意無照駕車上下學的事情說出。

『原來我從高中時就偏好制服男人了,泡泡我呀自己都忘了呢。』

泡泡說,接著他把話題再度帶回拯救。

『泡泡我呀,十分欣賞你的葛同學如此坦率的承認她需要被拯救。照我說呀、每個人的骨子裡其實都是希望被拯救的。』他強調的說:『每個人的骨子裡都有那麼一部分是偷偷希望著自己能夠被拯救的。差別只在於承認、否認或者壓根就不想承認或否認而已。』

『不是在否認,不過我眞的不覺得我有被拯救的需要,我自己一個人過得很好。』

本來我以爲小艾會這麼反駁泡泡,而且是立刻這麼反駁他,可是小艾沒有,她只是低著頭很介意似的在試著把她指縫的死皮拉下來,我眞想立刻一路跑出去給她買把指甲剪;我的意思不是我很介意別人在我面前做這個動作、就好像有人很介意指甲刮過黑板發出的聲音那方面的意思,我的意思是——算了,我不會說。

媽的!我的意思是我提過小艾曾經一邊喝啤酒一邊喀啦喀啦地剪指甲嗎?在這裡!這裡!當時小艾只是隨口說到指甲長了、眞想剪,然後我就接著說剛好想去上廁所、不如回來經過三十九元商店時順便幫她買一把吧！但天曉得我其實是專程去幫她買把指甲剪然後順便上個廁所的，其實！

我的意思是，我曾經爲了任何女生這麼做過嗎？喔、好吧，我承認我交往過的女朋友沒有一個會突然冒出想要剪指甲這種對話來，但我——算了，我也搞混了我到底想要表達的是什麼，反正我眞正想要表達的也不會是當時小艾接過指甲剪然後很高興的笑著說謝謝而我看著她的笑容那個當下，我眞的眞的領略了何謂牡丹花下死、做鬼也風流這句話的意涵了。

天哪！我就這麼點屁用嗎？簡直對不起國父革命十一次以及黃花崗七十二烈士了我。

見小艾沒有要搭腔的意思，所以就只好由我來負責了，禮貌很重要、我的意思是。

「怎麼說？」

我無心的說，然後立刻就後悔了，因爲泡泡的長篇大論立刻就傾瀉而來。天哪！那麼多的話，這個世界上有那麼多的話，爲什麼我偏偏就挑了這一句話呢？該死！

我都喝了三大口啤酒過去了，這泡泡他還在說：

『……單身的人希望從單身的狀況裡被拯救，而戀愛中的人、尤其是照你說走到愛情第三章——』

打斷他，我更正：

「不是我說的，是葛桔說的。」

『再嚴格說來是葛桔說那本書說的。你好煩！』

泡泡接腔，然後丟了個白眼給我，謝天謝地，這次不是嬌媚版的白眼。泡泡毅力十足繼續說：

『而身陷愛情第三章的要愛不愛戀人們，則希望能夠被拯救回單身的自由、或者直接跳到下一段的愛情第一章。呵。』

天啊！不轉移話題怎麼說？沒完沒了大概會。我趕快說：

「說到這，你ㄜ的感情狀態為什麼一直是單身？」

呵呵笑：『因為應該這輩子都沒可能會結婚了吧！感謝台灣的法律，哈～』

「無恥。」

『在下泡泡我呀，就是無恥又時髦，怎樣？』

「簡直不敢相信你這次居然漏掉美男子沒講。」

『啊！多謝提醒。』泡泡好慎重的重新又說：『在下泡泡我呀，就是無恥又時髦的美男子，怎樣？』

「很讚啊，恭喜喔。」

『哈哈～～』

無恥又時髦的美男子泡泡得意又滿意的哈哈大笑，然後突然像是想起什麼似的、看了看手錶，接著他一口氣把杯子裡剩下的啤酒喝乾。

把杯子裡的啤酒也喝乾，順便撈起剩下的三根薯條送進嘴裡之後，我跟著也起身掏錢，當我們結帳完畢走出門口的時候，小艾的聲音從我身後響起：

『差眞大。』

回頭我看見小艾正在看著我，於是我確定這差眞大三個字是正在對著我說的沒錯，可是爲什麼？什麼東西差眞大？我胖了嗎？有嗎？

「什麼東西差眞大？」

『你們都一樣。』

小艾沒有解釋什麼東西差眞大，她只這麼說了這五個字。

我看見她此刻的眼神清透的就像是個小女孩一樣，不，或許是因爲她方才說這五個字時的口吻讓我有這種錯覺，小女孩，五歲人，或六歲，隨便！我不知道她原來也可以裝出那種小女孩的語調，那種想要好好認眞說一句話、但卻又喘不過氣來似的小女孩語調，我一向就招架不住那種語調，坦白說，我愛死了！

她是裝的嗎？但看起來不像。

「哪個我們？什麼都一樣啊？劉艾波。」

『沒事啦。』

她恢復了原來的語調，就這麼一瞬間。可惡！我剛才應該偷偷錄下來的，可是這樣會不會很古怪？

「幹嘛打啞謎啊？元宵節又還沒到。」

『再見囉。』

越過我，小艾揮揮手，然後就這麼走掉。

望著小艾的背影，我以一種似乎是想要研究出她這個逐漸走遠的背影所想要傳達出來的訊息是什麼的姿態站在原地，傻楞楞的站在原地看著她走遠，走掉。

差眞大。

我努力的回想在這句話之前、小艾她有說了什麼嗎？沒有，我確定，十分確定，我從來就不會漏聽掉小艾說的任何一句話、甚至是任何一個字，當你眞愛一個人的時候、你自然就是會養出這本事，不但不會漏掉、而且還會反覆咀嚼，簡直就像牛肚子的那根乾草一樣，如果你懂我意思的話。

是泡泡，對！泡泡是說了什麼，說了什麼類似『你趕時間喔？』或者『你也要去約會喔？』這方面的話，是的，我想起來的；我當時是聽到了、可是我壓根沒理他，沒想理他，泡泡的話我一向是左耳進然後右耳出，前後用不到一秒鐘，頂多只是需要保持禮貌限度的點個頭或嗯一聲就好，更多的時候甚至是連禮貌限度這回事也可以管他去的省略掉，我的意思是、嘿！他是泡泡啊、畢竟。

可是泡泡問這話幹嘛？我這次走在他們前面？是的，應該是。

以前我總是站在他們身後磨磨蹭蹭地等待著小艾開口邀約我，一起回家看電視購物然後吃個晚餐這樣，第一次就是這樣開始的、我清清楚楚的記得，直到泡泡的做三休一（戀愛三個月，休息一個月）開始之後，我依舊是習慣性的磨磨蹭蹭地站在他們身後等著小艾開口邀約，可是她都沒有，都沒有。

而今天我卻從從容容地在他們前面，我沒有趕著要去做什麼事、去見什麼人，我只是認清了小艾不會開口邀約我、這樣而已，只是這樣而已不行嗎？這有什麼差別嗎？而且還差眞大？該死！

不過就是兩句話而已。我告訴我自己。

可能是小艾無心的兩句話，也可能是存心故意丟出來的沒頭沒腦兩句話想要捉弄我，這小艾，這小艾一派的作風，而我卻就這麼傻在這兒花了我兩輩子的時間想，還反覆推敲想破頭。

我眞想敲破我的頭，拿椅子，或酒杯，隨便！

該死！你醒醒好嗎？醒醒吧、何銘彥！好嗎？

我是這麼告訴我自己，試著這麼告訴我自己，可是小艾聲音裡確確實實是有個什麼捉住我了。我繼續著了魔似的想，什麼意思什麼意思什麼意思？她到底是什麼意思什麼意思什麼意思？

『你到底要杵在這裡多久啊？忠狗八公。』

最後是泡泡的這句話把我從著魔的狀態解救出來，天曉得我眞想親親他或抱抱他，可是謝天謝地我沒有，我只是立刻恢復過來然後酷酷的說：

「干你屁事？」

『還眞的是關於我屁股的事呢。』泡泡嬉皮笑臉的說：『何同學你啊，擋到我正要走去約會的路啦。』

「約會？你不是做三休一的嗎？已經一個月了嗎？」

『做三休一，呿～幹嘛把泡泡我的感情生活講成個科技廠的作業員。』

「明明就是你自己講的。」

『是喔？我也忘了。』

「那你還要李國慶幫你介紹刑警男朋友幹嘛？」

『多多益善又沒差。』

「受不了你。」

『隨你怎麼想，我反正又沒差。』

反正啊他就開始說啦，前天晚上泡泡下班時，當髮廊的燈全打暗並且在鐵門拉下來的那一瞬間，他突然感覺到一陣無以名狀的哀傷，他越想越覺得自己好可憐，而且還越想越可憐，他覺得自己年華老去，人老枯黃，沒有人愛！尤其這哀傷、這既定事實不但不會改善而且還只會越來越慘；於是泡泡就悶悶的散步到附近的公園去坐著抽根悶悶的香菸，然後悶悶的心想會不會就這麼剛好路過個有錢的品味老gay走過來搭訕；結果路過的不是有錢品味老gay卻是兩名巡邏員警，還停下來問他這麼晚還一個人坐在這裡抽菸做什麼？

眉飛色舞的、泡泡說：

『他們說這公園治安很不好喲，特別是我一個高中生在這裡坐著抽菸更危險喲！』

超越眉飛色舞、簡直就是歡聲雷動了，泡泡扯開喉嚨大聲說：『高中生喲！他們覺得泡泡我看起來是高中生喲！』

「所以重點是什麼？」

『喔，搞半天泡泡我還沒說到重點喔？』

重點是他昨天遇到個男客人向他搭訕，然後兩個人就這麼對了眼的約了今天要約會。

『重點是，』嘰咕笑，『我現任的新小男友，』竊笑，『還只是個高中生呢。』得意洋洋哈哈笑。

天哪！我們非得在餐廳的門口扯這一堆有的沒的屁嗎？我的意思是，當然這也是我的夢想畫面之一，我總是總是夢想著這種依依不捨的話別場景，隨意一個話題就聊到欲罷不能，欲罷不能到眞的眞的希望這輩子就這麼過下去也可以，這輩子、這世界眞的眞的就只剩下我們兩個人這麼這麼開開心心的一直聊啊聊聊下去也可以，但是，媽的，那畫面裡的人應該是小艾而不是泡泡！這他媽的泡泡，戀愛談個不停、而我卻始終在原地踏步還不得越界否則會被驅逐出場，這他媽的！

「好啦！那就祝你約會愉快啦。」我一點祝福的意思也沒有說：「再會。」

然後我學小艾揮揮手，然後我轉身想要走，可是我沒走成，因爲我聽見泡泡的聲音在我身後響起：

『差眞大。』

「什麼意思？」

『你曉得我什麼意思囉，』泡泡意有所指的說：『而且我也曉得你曉得我曉得——喔、媽的，這太繞口了、說著說著就打結，泡泡我呀，果眞還是比較適合直直給它說下去的個性。』

「你要直直說什麼？」

『你也要去約會嗎？我好早好早之前就問的，可是你心不在焉的走在我們前面聽也沒聽到，眞是沒禮貌。』

「我只是要回去趕報告而已。」

『喔，是啊，當然，我會記得告訴我妹的。』

「你什麼意思？」

『你曉得我什麼意思囉。』

「你敢再給我你曉得我曉得媽的太繞口然後說到打結我就揍你！」

『哎喲～怕死我囉，掰伊。』

「等一下。」

我喊住他而他扭過頭：

『幹嘛啦？』

「那小艾咧？既然你是要去約會的話。」

『當然就是回家啦，你第一天認識她喔。』

媽的！

你們都一樣。原來是這意思，媽的！

第九章

「我不是要去約會。我只是要回家趕報告而已！」

當泡泡的背影也從我的視網膜縮小成為黑點之後，我發現我居然張開嘴巴、把話說出來。可是我在告訴誰？

像是個黏乎乎的、討厭的什麼一樣，這句話嗡嗡嗡的黏在我的耳膜，和喉頭。

「我不是要去約會。我只是要回家趕報告而已！」

當我發現自己居然躲在安全帽裡面還在鬼吼著這句話、而且是反覆鬼吼著這句話時，我是眞的眞的很想要立刻停下機車，同時拿下安全帽狠狠ㄎㄠ我自己的頭！

天啊！這有什麼重要嗎？小艾在乎嗎？她是我的誰？我是她的誰？我們幹嘛要在乎？我幹嘛要在乎？

媽的！

我眞的把機車停在路邊了，不過爲的不是眞的拿下安全帽ㄎㄠ自己，我只是需要暫時停下來冷靜想一想而已。

十字路口。

拿著安全帽，拚命深呼吸好讓鼻子還有用力吸進更多這都市的廢氣時的我，望著眼前的十字路口，感覺卻好像是突然被推回我們第一次見面的那一天、我和泡泡在男廁所裡撇尿的那一個當下，決定只在一秒之間：告白或者假裝。二選一，快快做決定！

我選擇了後者，幾乎是反射動作似的選擇了後者，沒時間考慮，考慮言後果，因爲膀胱裡的尿快撇乾了、當時，一秒。

在那一秒鐘之後，我賭上我每個星期日下午三點鐘的午後時光，我賭她會不會愛上我？賭我能不能改變她？我滿心以爲這是會花掉一些時間，但不會是太久的時間，當時的我、滿心這麼以爲。

我選擇了後者，是的，賭上的不只是我的星期日下午，還有我的每一盎司腦細胞、其實；我選擇了愛情，而她選擇了友情，差別只在於：我是在演戲，而小艾來眞的。我能演多久？

而我只是在想，如果時間重新倒回去那一天、那一刻，我選擇的還會是前者嗎？

還是就像阿逵說的那樣：長痛不如短痛，起碼不用再讓自己憋得太窩囊。

窩囊。

站在眼前的十字路口，我心想：左轉是回家的方向，右轉可以去按小艾家的門鈴，隨便搪塞個什麼理由、或者乾脆就是聳聳肩，然後很帥的除了：「我不是要去約會。我只是要回家趕報告而已。」之外什麼也不說。她會怎麼想？我們會怎麼樣？她會察覺到我這邊空氣裡的激情以及她那邊心深處的隱隱躁動，然後我們或許交換個意會的笑或者乾脆的大方擁吻，然後我們終於能夠從朋友變成情人？否則她當時眼底的那個什麼怎麼解釋？擊垮我的就是這個，這個！

眞正擊垮人的，就是這些細枝末節，總是。

如果有很多，但結果只有一種，我告訴我自己、在心底，我們度過了那麼多有那麼多如果的下午和黃昏，但結果我們依舊只是好朋友，這還不清楚？還不夠你清醒？你眞的要硬拗到畢業那天才和自己一口氣了結？誰規定的？還是另一種形式的分期付款嗎？

媽的！

右轉，我在她家樓下空站了一個小時左右，直到我的腦子終於能夠靜下來靜成空轉；回家，我用這枚靜下來的乖腦子專心趕報告，直到老媽來敲門喊我吃晚飯爲止；吃飯，洗澡，趕報告，本來都打定了主意要讓這一天早早結束，安靜度過，可是我的腦子卻偏偏不肯放過我，而我胸口的悶也是。嗡嗡嗡的悶，我突然好想哭，當我的後腦勺一沾上枕頭時，想哭的這個念頭突然竄上了我的心頭，可是我到底是爲什麼突然想要哭，很想哭？因爲我突然想到我居然不知道小艾是用什麼姿勢睡覺嗎？側睡趴睡還仰睡呢？或者我該這麼說：爲了我這輩子不管再努力再改變都不可能會知道小艾是用什麼姿勢睡覺嗎？

我想爲了任何事而哭，任何有關於小艾的事。

天啊，救救我。

救

救

我

。

我猜我的聲音聽起來一定很糟糕，因爲當電話接通之後，葛桔劈頭的第一句話就是：

『怎麼啦？』

「有句話我一直想講，可是今天一直說不出口。後來是有過機會說出冂，可是我等了一個小時卻還是沒有說，因爲不是什麼重要的話、其實，而且還有點沒頭沒腦的，我猜這大概就是爲什麼後來我還是沒有說出口的原因，我怕她會以爲我在發神經，然後從此我就再也看不到她。」

而這對小艾而言是多麼輕而易舉的事情啊，而這其實才是我眞正想要大哭一場的原因，才不是什麼白痴睡覺姿勢。

『什麼話？』

「我只是要回家趕報告而已。」

我很感謝葛桔此刻並沒有接著就笑出來，或許這就是爲什麼我第一個就打給她的原因，我知道她不會嘲笑我，而且我還知道除了她之外的所有朋友聽了之後都一定會笑出來，差別只在於他們嘲笑的方式不同而已。

葛桔沒有笑，她只是靜靜的在手機那頭等著我繼續說。我繼續說：

「然後我就突然想喝酒，或唱歌，或者是做其他任何可以讓我立刻哭出來的事情。哭不出來的眼淚最可恨了。妳會不會也這麼覺得？」

『是啊。』

「妳有爲他哭過嗎？」

『比較常被他逗笑。』

「是呀。」

沉默。小小的沉默。

牆上的鐘指向十點過半，我知道不應該這麼問，於情於理都不應該，可是我，我——

「我是說……我的意思是……我——算了。」

葛桔在手機那頭笑了起來，她笑著替我的欲言又止補白：

『我家樓下就是7-11，靠窗有一排座位。』

「呵。」

『當然這種氣氛是比較適合去誠品喝一整夜咖啡的，椅子也比較舒服、我的意思是。如果你提早個十五分鐘打來的話、我就會這麼提議，但偏不巧我就是剛洗好澡，所以不想出門了。』

「謝謝。」

『不客氣，我很理解那種無論如何就是不想要獨自一個人面對自己、沒辦法也不適合把自己關在房間裡胡思亂想的心情。』

「就好比鵝霸王那天？」

『就好比鵝霸王那天。』葛桔笑著同意：『感情不就是建立在這種欠來還去的模式上嗎？』

「妳的比較有意境，我和阿逵則是很膚淺的建立在追女生和打籃球上面，而和胖打的感情則是建立在食物上面，至於李國慶、天啊！我至今依舊搞不懂我們是怎麼變朋友的。」

『呵。』

「我十五分鐘後到。」

照例，葛桔說：

『騎車小心。』

7-11的夜，靠窗的椅，兩罐御茶園以及一盒巧克力。葛桔望著窗外的街景，說：

『搬來這裡之後，這還是我第一次看到這裡入夜後的模樣。』

「和白天很不一樣嗎？」

『嗯，主要是人不一樣。白天是媽媽帶小孩，或者大人牽著狗，或者是累壞了的上班族；入夜之後，這裡的人通通被夜貓子、醉漢和拾荒者取代了。很難想像這真的是同一個7-11，簡直就像是連空氣都一併換過了。』

「妳如果覺得不安全——」

『不，一個人的話可能會這樣覺得，不過和你在一起不會。』

「怎麼說？」

『安全感之類的吧，你感覺是那種會挺身而出、處理事情的男人，我指的不是裝

man擺樣子。我提過那陣子你騎腳踏車載我回家的事嗎？』

「忘了有沒有，不過反正是順路，而且妳又不重。」

而且載著妳會讓我感覺很拉風，天曉得我那時候被全班男生羨慕死了。

『無論如何，就是很感謝。』

「我的榮幸。」

『結帳時我本來以為你會拿啤酒的。』

指著面前的兩罐御茶園，葛桔換了個話題說。

「喔，我其實不太喜歡喝啤酒，只是因為啤酒比較好買而已。不過今天的啤酒配額也用完了。」

我說，然後就著這個話題，開始慢慢慢慢的聊起小艾；主要是我在說，而葛桔她則靜靜聽。

我聊起小艾她眼中的愛情：那是一件討厭的麻煩事，而且是可以避開的麻煩事而且是能避就避的麻煩事！然後我還聊她今天下午離開時那最後一個眼神，聊——

「不曉得，那個眼神可能代表了什麼、也很有可能其實什麼都沒有代表，我的意思是：天哪！那不過就是一個眼神而已，一秒鐘、或許兩秒鐘的眼神，那又怎樣呢？」

我告訴葛桔那個眼神、以及與那個眼神所有相關的一切：我和泡泡的對話，我坐在機車上呆望著十字路口突然想大哭，我想拿安全帽ㄎㄠ自己，我——

但是我沒告訴她那個眼神的起因是小艾以爲我要趕著和她去約會，我不知道我幹嘛要刻意略過不說，我不知道，不知道。

我繼續說：

「就是揮不掉，簡直就像是已經烙在我的視網膜似的、那個眼神，而且妳曉得怎樣嗎？我甚至想要一路跑去醫院做腦波還什麼的檢查看看我的腦子裡會不會也已經有了個刺青在裡面，而刺青的圖案就是那個一秒或許兩秒的眼神！媽的。」

我激動的說，然後立刻爲最後那兩個字道歉。

『沒關係，把情緒打個洞、宣洩一下是好事，沒有必要爲了這個道歉或懊惱，人之常情、畢竟是。』

所以我又繼續說：

「她才大二，可是她已經不怎麼去上課，因爲學校裡有些男生喜歡她，想追她，是那種明確拒絕之後卻還不肯死心的男生，」可是說穿了，我自己不也是其中之一？「所以她就乾脆不去上課了，天哪！」

『那她以後要做什麼？』

「大概就像現在一樣吧？或者隨便找個什麼離家近的工作就好吧，然後和泡泡白頭偕老，長相廝守。」

顯然小艾追求的是一個什麼也不追求的人生。那太麻煩了，我猜她會這麼想。我懷疑小艾其實壓根就不想出現在這個世界上。

「有次她私底下告訴我，面對那些想追她的男生，她甚至會覺得很害怕。」

『害怕什麼？』

「被吃了吧。而且最荒謬的是，這麼荒謬的事從小艾嘴巴裡說出來居然還很有說服力，哈。」

我笑得有氣無力，簡直就像是用唸的似的、把哈這個字說出來。力氣用盡了，我眞的這麼覺得，對於小艾、我力氣用盡了。

我好累。

『大概是這樣吧，我覺得。』

葛桔說：小艾的爸爸因爲愛上她的媽媽所以離開了泡泡的媽媽，而接著又因爲愛上第三任老婆而離開她的媽媽，也於是愛情從很小的時候就讓她感覺到是一件很不好的事情，彷彿愛情是會把她依賴的人帶離她身邊的事情，所以她討厭愛情。

『這不難理解。』葛桔說：『而她最依賴的哥哥，則反差的把愛情當作調味料，總是因爲談戀愛而離開她，雖然多少會因此感覺到寂寞，不過還好只是暫時的離開，總是會回來的，而且不會爲了任何人離開她，這給了她深厚而且足夠的安全感。她不需要愛情，她反正還有哥哥陪著她。』

「好個天荒地老。」我苦澀的說，然後苦笑的問：「所以我該怎麼辦？」

葛桔看著我，這次她什麼也沒說，然而她的眼神卻其實什麼都說了；她的眼神彷彿是在說：你其實都知道，只是你假裝不知道，清清楚楚就擺在眼前的決定，你只是想把問題丟給別人，然後讓別人替你做決定。你不想當自己感情的劊子手，這麼一來往後回想起後悔時，該負責任的人就會是別人而不是你。

你眞悲哀。

我繼續自欺欺人的問：

「我是不是該再做些什麼改變？」我絕望的問：「我還能做些什麼改變她呢？」

葛桔聳聳肩，她這次乾脆低頭喝飲料，不但是眼神就是連嘴角的無言都省略了。

回答得好，好個回答。

起初葛桔說過的這句話，此刻我才終於鮮明的感覺到，鬆開了心情，把方才話裡的沮喪以及鑽牛角尖抹掉，轉換個話題，我試著這麼問她：
「還是說，妳要幫我介紹女朋友嗎？」
葛桔先是一楞，接著她低著頭把罐子裡的綠茶一口氣吸乾，彷彿是想藉此拖延回答時間似的那種喝法。最後她轉過頭，看著我，葛桔很乾脆的說：
「恐怕我的朋友沒有看起來的多，你知道的。」
我立刻想起我第一次鼓起勇氣打電話給她時的畫面，我笑了起來：
「是的，我知道，雖然看不出來。」
『是的，就是這一句話。』
「想必妳聽到耳朵已經長繭了吧？」
『是啊，所以我準備了很多新耳朵擺在抽屜裡好方便每天替換呢。我今天這一副耳朵看起來如何？』
我笑到肚皮好癢，她看起來還是不像那種會開俏皮玩笑的女生，我還是很難把葛桔的外表和她真實的性格融合爲一。我告訴她這種鮮明的矛盾實在很好笑。
她立刻還以顏色：
『我也常常得花時間才能適應眼前的這個你，確實就是國中時我認識的那個好可愛的比我矮的何小弟同學。』

「謝啦。」

『好說。』

「唔，我想尿尿。」我四處張望：「這哪裡有廁所？拜託別回答我電線杆。」

『樓上我家。』

「呃……。」

『我媽睡了，所以放心，不過尿小聲一點，她很淺眠的。』

「遵命。」

上樓，清膀胱，下樓。

在走出電梯的時候，我隨口問她：

「對了，李國慶要我問妳要不要去國中畢業再旅行？」

『喔，他問過我了。你會去嗎？』

「可能會吧。」

我說，然後立刻想到虎視眈眈著硬是要跟的阿逵和泡泡，我的頭皮簡直都麻了。天啊，還是算了吧，我眞的有那麼想要挑戰我的丟臉指數嗎？

「是滿想去的，不過坦白說，關於旅行這件事、尤其是有海的旅行，我眞的是比較想要和女朋友一起去，這是我的偏見，我指的是關於海的旅行。」

想想，兩天一夜或者最好能是三天兩夜的旅行，因爲這樣才不會太趕太匆忙，否則感覺好像隨便找個Motel住下來就好。

重來，三天兩夜的旅行，住的是面海的民宿，躺在床上放眼望去是整片的落地窗，海在落地窗的外面，而我們則在落地窗的裡面，兩小無猜，兒童不宜。這才是我想要的旅行。

我這麼告訴葛桔。

「當然和朋友也很好，但、媽的！和自己還打什麼官腔啊？就坦白說吧！我就是覺得這些和女朋友最好。我有時候會懷疑之所以想要談戀愛、想交女朋友，爲的只是想要有女朋友可以陪我一起到處吃吃喝喝去旅行。」

『我也喜歡這種旅行，還有到處吃喝玩樂。』

「冬天泡溫泉，夏天去海邊。」

『還有螢火蟲季或煙火秀什麼的。』

葛桔想也沒想的接腔，然而表情隨即卻像是被自己脫口而出的話給嚇到似的，彷彿她無意間觸及了什麼我們之間不該提起的；此刻我們四目相望，像是正在交換什麼祕密似的四目相望。我問她：

「你們有一起旅行過嗎？」

『嗯，但不會是過夜那種的。他現在在科技公司當業務，常常有跑外縣市的機會，所以他有滿多機會、也滿常帶我到處走走看看，離開這裡，暫時離開這裡。』

暫時離開這裡。我在心底默唸這六個字，我不知道我幹嘛要默唸這六個字，我只是覺得從剛剛開始就有個模模糊糊的什麼在我腦子裡散開，而如果我不隨便默唸個什麼字句的話、腦子可能就會被牽著走了。

搖搖頭，我問：

「你們、現在如何？」

『喔，結束了。』

喔，結束了。葛桔說，口氣平淡的像是在說：喔，你手機響了，你要接嗎？

『幹嘛那個臉？』

再度搖搖頭，但還是搖不走我臉上的驚訝，我告訴她：

「只是……驚訝，滿驚訝的。我有漏掉什麼嗎？」

『沒有啊。我和他結束了，就這樣。』

「妳不是、我以爲、你們是——」

打斷我，葛桔笑著說：

『確實本來是想要維持到他結婚的，但有天我看著鏡子裡的自己、就是突然想通了：反正都是要結束，何苦拖到那一天呢？又不是在坐牢。所以我就打電話告訴在樓下等我的他，說：我們不要再見面了。以上。』

「酷啊！」指著我們現在正站著的7-11門口，我問：「他當時就是站在這裡等妳、但是卻只等到那通電話嗎？」

『應該是吧。』

「好個畫面，眞電影。」

『所謂結束這件事說穿了也有好處的：我們總是可以決定自己什麼時候不要再愛對方了。』

「可以分一點妳的灑脫給我嗎？」

『呵。』葛桔笑了起來，她問我：『你有沒有想過你們其實並不適合當情人。』

「吭？」

『我的意思是，既然她只喜歡宅在家裡看電視，一週出門喝一次啤酒，而你卻是喜歡和女朋友到處吃吃喝喝去旅行，那麼、你們怎麼會適合交往呢？』

「……」

『用說的總是最容易，我知道。』葛桔體諒似的說，然後揮揮手，她最後說：『現在會突然跑來找我的人，就只剩下你而已了。』

第十章

我一直覺得有個什麼不對勁，這感覺很像是吃魚的時候，爲了一根不曉得到底存不存在的刺而猛吞白飯或灌水，也有點像是半夜騎車回家時，老覺得會從後照鏡看到個不應該存在的什麼而提心吊膽、僵硬的直視前方；雖然明知不理智，但就是覺得不對勁，是類似這樣子的感覺、從和葛桔在7-11前面道別之後。

不理智，不對勁，有個什麼。到底是爲什麼？她這次忘記提醒我騎車小心嗎？然而回到家之後，這一直卡在我喉頭的什麼卻瞬間飛了，接著大約半杯咖啡的時間之後，整個懂了。

事情是這樣的：

停車，回家，上樓，打開大門時我看見眼前應該是漆黑一片的屋子卻有束由下往上的白燈打在餐桌上，而燈裡，是一張女人的臉。

猛一看我眞嚇到頭皮都麻了，我發誓要不是早一秒看清那是我姐的白痴惡作劇、我還眞的有可能會嚇到尿失禁。

「吼！妳幹嘛啦！我膽汁都快爆出來了！」

『哈～～笑死我，依我看你的膽還好好的在你胸裡，倒是我剛剛好像看到你的蓮花指和小跺步跑出來了。』

我是嚇到手都抖了，而我的白痴老姐卻是笑到眼淚都噴了，我甚至看到她還用力笑到在拍膝蓋。

「妳白痴喔！」

打開電燈、我吼她，不過這次音量壓低了點，畢竟要是把我家二老吵醒的話，這可就有得解釋了。

『就電視很無聊所以在和大毛玩，然後聽到某人偷偷摸摸回家的聲音，心想反正也沒事，所以就和弟弟玩一下好了。』我姐得意的大笑：『還差點來不及耶！關燈、找手電筒什麼的。』

「無聊！都幾歲了。」

『管我。都幾點了？』拿手電筒往我臉上照，我姐問：『聽說某人明天要期末考是吧？』

「只剩期末報告了。倒是妳，不睡覺在幹什麼？」

『一大清早的飛機啊，就乾脆等天亮上飛機睡好了。倒是你，幾點的課？』

「第一堂課。」

『小心肝。』

「妳很冷。」

我說，然後我們同時望向牆上的時鐘，然後搶在我開口之前，我姐又說：

『看來你大概也沒有想要睡覺的意思了。要不要一起喝咖啡等天亮？』

「好啊。」

『你去煮。』

「就知道。」

『順便切兩塊蛋糕來。』

「知道啦。」

兩杯熱咖啡，兩塊冰蛋糕，對坐在餐桌兩端的我姐還有我。

「我發誓妳再拿手電筒往我臉上照的話，我就請妳的眼睛喝咖啡。」

『那我就請你的肚臍眼喝咖啡。』話雖這麼說，但我姐還是把手電筒關了放回桌上，然後低頭喝了口咖啡，接著她問：『本來不是睡了嗎？怎麼突然又跑出去？』

「……」

『別告訴我是突然想到報告有個什麼得改，所以突然跑出去找你的阿逵好兄弟討論。你才不可能爲了那個小色肧半夜出門咧。』

「我眞不喜歡妳這樣形容我的好哥兒們。」我笑著說。

『也不可能是胖打，除非是你半夜突然想吃宵夜。』
「我眞的得把妳從我的fb移除才行。」我笑了出來的說。
『所以咧？是什麼交情的誰讓你半夜跑出門而且還是願意半夜跑出門？』
我發誓我本來什麼都不想說的，畢竟我姐她也是個大嘴巴，但結果我卻什麼都說了。
「其實我也不確定我們的交情是不是有到那裡。」
一通電話，夜裡談心，天哪！我其實十分確定我們的交情並沒有那麼足夠，足夠到把對方當成情緒潰堤前的最後一道防線，我們重遇後只見過幾次面？
天哪！
「可是我就是自然而然的會想到她，而且說不上爲什麼，我就是知道那是可以打的電話、無論什麼時刻，那是可以談心的對象。大概就是妳們女生最愛掛在嘴邊的安全感這方面的事吧。」
對於葛桔，我就是有一種莫名其妙的安全感。
「不過也可能所有認識她的人都對她有這種安全感吧、我想。她就是有一種讓人可以信賴的感覺。」

『換成我是她的話肯定會煩死，而且手機永遠會保持靜音模式。』然後，果眞，立刻：『你喜歡她嗎？你知道我指的是哪一種喜歡。』

「是啊、當然，所有的話題最後總要聊到這方面去。喜歡還是愛？只能選一樣。」

『當然、沒錯，這就像是我們大人不管聊什麼，最後都會聊到經濟不景氣還有爲什麼不結婚。』

我苦笑了一下，不是因爲我姐的這番話，而單純只是因爲我突然想到了小艾，她讓我越來越像她，只要聊到感情聊到喜歡聊到愛，就會開始自然而然的全身過敏翻白眼！我想再這樣下去的話、假以時日我們三個人會一起度過好愉快的老年生活，三個老朋友，老成皺皮紙還愛她愛不到的只是好朋友，一輩子朋友！

天哪！那怎麼會是我想要的結果？

我該怎麼辦？

「國中的時候我是暗戀過葛桔沒錯，我確定，很確定，而且我更確定那時候不只是她而是全班女生都只把我當成小弟弟，小學男生，沒有殺傷力，放學一起回家也不會被八卦。」

可是那又不只是我，我們全班男生都暗戀葛桔，這就像是公認的事實那樣根本不需要確定，公認到只差沒有大家簽名連署然後貼在教室後面的公佈欄。

「可是長大後回想，那感覺卻比較像是我們當時都會喜歡蔡依林或者林依晨或者S.H.E一樣，比較像是偶像崇拜，集體式的暗戀。」

『那現在呢？』

「感覺不一樣了，好像我們之間的地位平等了，可以直視她了。不曉得，我沒想過這方面的問題，真的沒想過，只是很純粹的把她當成重遇的國中同學，而且很高興原來我們這麼聊得來。」

都有感情困擾，套句fb的感情狀態，就是一言難盡吧。我們都想被救贖。

「我一直很純粹的把她當成重遇的葛桔，聊得來，崩潰前的最後防線，需要被救贖的夥伴。」

直到今天晚上，一切好像都明確了，當我們聊起希望的另一半、當我們聊起想要的感情生活時，當我們——

當我們把話題打住時，我們好像才終於意識到：原來我們好像已經不只是朋友，我們似乎就是對方想要的那一半。喜歡與愛的界線，不只是朋友的疑慮，慢慢浮現我們眼前，劃出一條界線；可是我們誰也沒有走出界，我們只是把話題打住，不自然又不自在的把話題打住，這樣而已。

望著杯子裡空了一半的咖啡，我讓這些話在腦子裡繞跑、空轉。我沒說出口，沒道理是在這個時候說出口，真要說的話、在當時就會脫口而出了，就會。

我們爲什麼把話題打住？

『問題是，』回過神來，我姐正在說：『當你眼中只有某個人，你眼睛你腦子都被那個人塞得滿滿的時候，你又怎麼能夠看得到其他人的好呢？怎麼搞懂那是喜歡還是愛？是朋友還是情人呢？』

「天啊，我覺得好煩，我覺得我不但是中小艾的毒太深，我甚至小艾鬼上身。」

『好好享受這一切吧，煩惱，痛苦……所有的一切。』把杯子裡剩下的咖啡一飲而盡，我姐愉快又同情的說：『等你慢慢長大，長到跨入大人的世界之後，你會發現，你不但會越來越難愛上人，而且就算是你想要投入的愛用力的恨，都會發現那眞的很難。』

「爲什麼？因爲經濟不景氣嗎？還是新陳代謝變差了？」

我姐聽懂經濟不景氣的笑點，不過她搞不懂這關新陳代謝什麼事？我本來想把泡泡的話轉述給她聽的，不過想想算了。窗外天亮了。

『因爲時間會把我們格式化。』

「白話文是？」

『白話文是，你不再會用力的煩惱喜歡啊愛啊這個那個的，你會開始條列式的去判斷這個人值不值得你愛？適不適合愛？需不需要行動？Yes or No，To Be or Not to Be，就是這麼簡單。』

「我聽得懂後面，可是條列式是什麼？」

『就像眼睛被嵌入X光一樣，現實得很，一點都不柏拉圖。』

「唔，那大概會是幾歲的事情？」

『這我哪曉得，每個人又不一樣。有些人甚至一輩子都沒長大過呢。』

「唔。」

『重點是，當你有可能喜歡對方，而對方也有可能喜歡你的時候，問對方幫你介紹女朋友這句話，真的是太爛了。』

「啊？」

『爛斃了。』

「怎麼會？」

『當然會！這意思就像：嘿！聽著，我現在單身，我想要交女朋友，但那個人不可能是妳。哈哈！』

「……」

目送我姐和她男朋友愉快的坐上計程車甜甜蜜蜜的展開尋加拿大極光之旅時，我突然又想起了當時和葛桔的對話，我想起我們當時之所以不約而同把對話打住是因爲我們突然都發現了我們好像很適合從朋友變情人，我想起葛桔最後對我說的那句話：現在會突然跑來找我的人，就只剩下你而已了。我想起——

問題是，當你眼中只有某個人，你眼睛你腦子都被那個人塞得滿滿的時候，你又怎麼能夠看得到其他人的好呢？怎麼搞懂那是喜歡還是愛？是朋友還是情人呢？

我姐說得對，說得眞是對。

呆望著窗外原先計程車停靠而現在已經人去車空的街道，我發現自己正在想像一起去旅行、尋找極光的人不是我姐和她男朋友而是我和小艾時，我詛咒我自己，我眞的詛咒我自己。搖搖頭，我命令自己去把電腦打開，利用上課之前的時間把報告最後再檢查一遍。

上課，報告，下課，然後就這麼，寒假到了。

寒假一個週五吃到飽之夜，當我看到桌子對面正好端端坐著李國慶的時候，我很驚訝我居然完全不驚訝。

「誰可以解釋這傢伙爲什麼會出現在我們的吃到飽之夜嗎？」

我問，而李國慶頭也沒抬的說：

『我就跟你們說啦，何銘彥才不會只對女同學友善而已咧。』

「這根本就是針對你個人，你少賴給性別因素。」

我故作鎮定的說，同時在心底拚了命的回想、有沒有跟阿逵他們提過葛桔和他的事？天啊！我是記得曾經和泡泡還有小艾聊過，因爲當時喝了點酒所以嘴巴就鬆了開而重點是我十分篤定泡泡也不會和李國慶甚至是葛桔本人變朋友，所以不過就當成個話題聊聊沒影響；但怎料到這會李國慶卻突然出現在這張桌子旁邊，而且看來和他們好像還混得很熟，如果我曾經告訴過阿逵而阿逵又告訴了李國慶然後李國慶跑去問葛桔——

貓在鋼琴上昏倒了。我想起古早以前的那個口香糖廣告，我此刻眞想直接昏倒裝死算了。

「那個……」趁著李國慶和胖打去搜刮熟食區的時候，我趕緊問阿逵：「幫我回憶一下，我有跟你提過葛桔的什麼事嗎？」

『沒有啊，你說來說去都只是劉艾波而已。』阿逵說，然後習慣性的來上這一句：

『你到底什麼時候要直接告白然後被甩？』

說完，阿逵像是這才想到什麼似的，在鏡片後面亮起了八卦小眼睛：

『怎？葛桔什麼事？』

「沒，葛桔沒你事。」

『嘖。』

鬆了口氣我，還好還好。

捧著整兩盤滿溢邊緣的餐盤，這兩個吃到飽剋星邊走邊聊：

『奇怪耶，我們食量差不多，爲什麼胖的是我不是你？』

『我有在運動。』

『那我就認了。』

「所以是怎樣？」當他們都坐回位子的時候，我問：「你們怎麼會突然變成朋友？」

『他們，我也才第二次看到他而已。』胖打說，然後歪著頭問李國慶：『對啊，你來幹嘛？我們認識嗎？』

『阿逵還眞是沒有騙我，你對新朋友眞的很友善耶。』

接著話題一轉，阿逵開始聊起他遇過的一個裝熟魔人：

『就我姐的訂婚宴，人數沒算好，結果爆桌了。沒辦法，我就只好和負責當接待收紅包的表姐妹們去附近的野宴吃烤肉，我一直以爲那個傢伙是她們誰的男朋友，而她們一直以爲那傢伙是我的朋友，因爲他跟得有夠自然，而且不管我們聊什麼、他都能插上一句。』

『那結果他到底是誰的朋友？』

『是我姐的同事的朋友，那天要負責幫他們攝影。』

『結果卻跟去和你們一起吃烤肉？』

『對！』

『結果那天誰負責攝影？』

李國慶好像眞的很關心似的問，而胖打在乎的則是：

『那你那天爲什麼沒有call 我去？』

忍無可忍，我打斷：

『哈囉？有人發現到我剛剛的問題嗎？』

『那次在師大夜市遇到，後來就認識了起來，接著發現我們有共同的話題，所以就熟了起來。』

「所謂共同的話題是指追女生吧？」

『不然咧？』

『喔，還有葛桔。』

阿逵補充說明，而李國慶則是瞪了他一眼。

『而且他們還一起去福隆玩。』

我的下巴差點掉下來：

「什麼東西福隆玩？」

『福隆，你們的國中畢業再旅行。記得嗎？哈囉？』

「這我當然記得，我的重點是：你去幹嘛啊？」

『還不是因爲你本來說要去，後來又反悔沒去，湊不到整數訂房間，所以李國慶才問我要不要也去。』

在阿逵丟出這番話的同時，李國慶也立刻起身跑去餐檯拿食物。我注意到他的餐盤根本就還沒空。

這該死的李賊慶！

「我從頭到尾就沒有說我要去。」

『是嗎？反正那也不重要。』阿逵說：『重要的是，嘿嘿！葛桔有去喔。』

「……」

『我不太懂，她同學會一次也沒去，也沒和哪個國中同學聯絡過，怎麼會和你們一起去福隆玩？』

胖打問，而阿逵則是不情願的說：

『好像李國慶告訴她說何銘彥也會去。』

『喔天啊，你們怎麼還沒聊完這個？』

回到座位上，李國慶一臉無辜的說。

『你少給我裝死、李賊慶。你爲什麼騙葛桔說我也會去？』

『因爲你沒有說不去啊。』

他還在裝死，而阿逵則直接了當的勸他：

『哎～～認了啦、李國慶，你乾脆就直接告訴他好了嘛。』

『我覺得她好像有點喜歡上你了。』聽了勸、認了的李國慶，頭低低的心不甘情不願說道：『所以就想說那不然測試一下、如果說你也會去的話、那她會不會去。』

『看得出來葛桔那天滿驚訝你沒去的，不過她也沒有追問就是了。』阿逵說：『她人很好。』

『那她本人漂亮嗎？』

『喔，很漂亮，就跟照片一樣、是個氣質美女，而且人很好相處。』
『是喔，那就不是何銘彥的菜了，他喜歡的是小艾那一型的。』
『小艾是誰？』
『何銘彥追了很久的一個女生。』
『那你跟葛桔是怎樣！』
李國慶生氣的問。
「喂！你們！從頭到尾我就——」
打斷我，阿逵恍然大悟似的說：
『我懂了，他的問題就出在於他吸引到的不是他喜歡的女生類型，而他喜歡的女生類型、他又吸引不到。』
「是啊是啊，再繼續當我不存在似的討論我啊。」
『你少裝死了、何銘彥！』李國慶還繼續窮追猛打著：『那你現在是把葛桔當備胎嗎？』
「拜託喔，從頭到尾就不是這回事好嗎？葛桔也知道我喜歡小艾啊。」
『那她爲什麼還要喜歡你？』阿逵問。
『那你幹嘛不放掉小艾改追葛桔？』胖打說。

『你敢玩弄葛桔我就揍扁你。』李國慶警告。

——我和他結束了，就這樣。

——你有沒有想過你們其實並不適合當情人。

——當你眼中只有某個人，你眼睛你腦子都被那個人塞得滿滿的時候，你又怎麼能夠看得到其他人的好呢？怎麼搞懂那是喜歡還是愛？是朋友還是情人呢？

沉默了好久之後，我說：

「我不知道。」

我不知道，眞的，不知道。

第十一章

後來我們續攤去唱歌，而這實在是個錯誤的決定；我們在包廂裡唱開了也喝開了，就這麼，這最後演變成一個該死的夜。

考慮到李國慶是第一次和我們一起唱歌的關係，所以當服務生一打開包廂的門之後，阿逵就以跑百米的速度衝向電腦前的位置，一秒也不浪費的左手拿起麥克風右手開始熟練的點歌；而至於胖打則不管是和誰一起去唱歌都是很有效率的抄起點單、一邊計算金額一邊立刻就請服務生幫他點餐；我懷疑除了把自己餵胖以及打線上遊戲之外，胖打還會有什麼興趣？喔，他女朋友，當然。

當服務生把餐點全部送上時，阿逵的個人演唱會差不多也進行到第五首，確定服務生離開了不會再進來之後，李國慶把偷藏在包包裡的兩瓶威士忌拿出來，一邊倒著酒、他一邊這麼問：

『這些歌發行的時候我們滿十歲了嗎？』

「可能還不到。」

我提過鄭秀文的每一場演唱會不管是在哪裡阿逵都會去朝聖嗎？

阿逵是廣嗨歌的迷，阿逵在家裡排行老么，可是他大姐也不過才大他四歲，所以我們始終搞不懂他究竟是從什麼途徑知道並且迷上這些十幾年前的廣嗨歌，對此阿逵聲稱他其實晚生了十年，要是讓他提早個十年出生的話，他現在可不會就一直與戀愛無緣而且還會是個愛情無敵。這點我們從來就不否認，只要是看到他的髮型與衣著品味的流行年份、誰都會同意這點的。

「你放心，照他那個該法，頂多唱個兩小時就會鎖喉了。」

李國慶一副快哭出來的表情：

『但我們不是才買四個小時嗎？』

「所以我們通常都會叫他付一半的錢，有時候他還會全部都買單。」

『不早講！害我還先買酒。』

「哈。」

差不多就是一個小時之後，阿逵咳了兩聲然後和李國慶換了位子，下一分鐘，我們耳邊的歌曲瞬間快轉到這幾年，而阿逵則繼續打開第二瓶威士忌然後要求我們一起乾杯。

「乾什麼？」

『隨便啦。』

乾杯。

『你不去唱你的陳奕迅喔？』

「等一下再說，剛剛和李國慶有點喝太多了，有點茫。」

『解嗨。』伸了個很滿足的大懶腰，接著把杯子裡的威士忌再一口乾之後，阿逵說：『唱得好餓，等一下要不要去吃薑母鴨？我知道有一家開到快天亮才收。』

「是鵝霸王。」

『什麼東西？』

「葛桔是約鵝霸王，她爸爸帶她去的那一家，後來她就不再過生日了。」

『你在說什麼東西啦？』

阿逵開始搖我的肩膀，這使得我的頭更昏。這我才意識到我大概不是有點茫而是十分醉了，我已經開始不知道自己在說什麼了，我想如果再喝下去的話，我大概就會開始做一些不知道自己爲什麼要做的事。剛才實在不應該讓李國慶灌那麼多酒的，他怎麼那麼能喝啊？媽啊！

「胖打，給我倒杯水。」

『只剩下膨大海了。』

「隨便啦。」

『我跟你講，』從胖打手中把水遞來給我，阿逵說：『你就乾脆現在打電話跟葛桔告白好了。』

「什麼東西告白？」地球在轉，我清清楚楚的感覺到，而阿逵的臉扭曲了，一杯膨大海不夠。「再給我一杯。」

阿逵於是又倒了一杯給我，一口送進喉嚨之後，才發現又是威士忌，天啊！等我終於發現他們是故意在灌我酒的時候，我腦子已經開始浮現我因爲酒精中毒而休克暴斃的畫面。李國慶應該會急救吧？

李國慶這會兒也放下麥克風跑來起鬨湊熱鬧了：

『對啊，雖然很不爽但請你好好珍惜她。你的手機咧？』

「我的手機幹嘛？」

『打電話給葛桔告白啊。』

『對啊，你想想：你跟葛桔交往，這樣還可以順便報復小艾不是嗎？』

我已經分不清楚這話是誰說的了，地球一直轉，公轉自轉。

「我幹嘛要報復小艾？她只是不愛我而已啊。」

『喂！立刻點那首〈他不愛我〉來給何醉彥唱，快！』

我用手揉著嘴角，是我錯覺還是我眞的在流口水？我的嘴巴鬆開了。我發誓我這輩子都不要再喝酒了。

我看見他們還是一直在喝。

「眞的愛對方，怎麼會忍心報復她？」

『哇靠！太感人了啦！乾脆幫他告白好了！』

「只有泡泡的電話。」

我好像看見他們從我牛仔褲後口袋拿出我的手機，我想要阻止他們不要鬧了，因爲我跟泡泡告白幹嘛？可是我全身癱軟的沒有力氣。我發誓我這輩子都不會再喝酒了。

「我跟泡泡告白幹嘛？」

這是我記得我說過的最後一句話，而且，媽的！很有可能也是葛桔接起手機之後聽到的第一句話。

我不記得了，我們都不記得了，我們都喝過頭了。

也鬧過頭了。

我們在永和豆漿的店門口驚醒過來，我們驚醒過來的第一件事情是各自檢查包包和手機，而至於胖打則是很欠打的還多此一舉的檢查了他的褲襠；雖然都還在宿醉，不過胖打這個舉動還是惹來我們一陣拳頭。

『可能是唱完之後想吃永和豆漿，然後坐在店門口等開門，最後就這麼睡著了。』

李國慶勇敢的打破沉默，他看起來很不能適應這種場面的樣子。我想告訴他、其實我們也是。

『那為什麼不去麥當勞就好了？還不用等。』

「胖打，閉嘴！」

『起碼帳單應該沒有被多算。』阿達正在檢查他的刷卡單，『這個金額對嗎？』

『應該對吧，我沒有點很多，不然現在為什麼又餓了？』

「我想死。」看著手機裡的通話記錄，我說。

『什麼？』

『你們真的打給葛桔了？』

沉默。

『你們跟她說了什麼？』

沉默。

「她傳了封簡訊給我。」

凌晨四點過半，葛桔的簡訊躺在我的手機裡。

我想死。

而他們也是。

『呃……她傳什麼簡訊？』

「請不要拿感情開玩笑。」

我說，但我沒告訴他們完整的簡訊內容是：是的確實我愛上你了，但可不可以請不要拿感情開玩笑？

沉

。

默

最後，是胖打打破了這大家都不敢面對的沉默，胖打說：

『那，你們到底是要吃永和豆漿還是麥當勞？』

「我想回家睡覺。」

我說，然後我就轉身走了。

如果不是心情糟過了頭，我想我是真的很有可能會哭出來的，大哭一場的那種。

我是很想打個電話給葛桔談談這一切，或者隨便瞎扯些什麼都好，那會讓我的心情

我的情緒漸漸平復然後變好，我知道；可是我不能打電話給她，甚至更不應該再沒說一

聲下就突然跑去找她，然後並肩坐在7-11一聊就整夜，因為我想聊的就是她，我和她，媽的眞的讓我困擾到覺得難過的我和她。再怎麼自私任性也該有個限度，我的意思是。

這大概就是朋友與情人之間最讓人不想也不願意面對的灰色地帶，只能二選一：進展或失去。或者也可以直接說是：天堂或地獄。眞是好個人生，好個愛情，好個不只是朋友。

眞不想面對。

而我只是在想，如果對於葛桔，我是完完全全乾乾淨淨的沒有一點曖昧一點情人般的喜歡，那麼事情就會簡單很多，簡單太多；我可以開個玩笑說道這眞是眞是我的榮幸，雖然我自覺配妳不上，但去他媽的、呀呼！我國中時候的美夢成眞。如果氣氛允許的話，或許我還會再嘴巴賤賤的補上一句：但就可惜我現在已經不是國中時代的何銘彥了。如果此刻氣氛依舊允許的話，接著我就會開一點國中時我的身高只有一四五這方面的玩笑，然後我們會像個朋友般的亂開玩笑，這中間可能會尷尬個一兩分鐘，不過沒有問題，她是葛桔，她冰雪聰明，她不但會懂，更會曉得怎麼應對、好讓氣氛連一兩分鐘的尷尬都避掉。

永遠的葛桔，完美的葛桔，完美得令人心痛。

問題就出在於，我並不是完完全全乾乾淨淨的沒有一點曖昧沒有一點情人般的喜歡、對於葛桔，而且甚至越來越多的每分每秒我都在想：這難道不就是最好的結果？我和葛桔從朋友變成情人，這是她想要的結果；而我和小艾則永遠永遠就只是朋友，而這也是她最最想要的結果。世界和平，感謝上帝。那麼，我爲什麼心情還這麼糟，還糟過了頭，還糟過了頭的想哭卻又哭不出來？

感情從來就不聽理智的話。葛桔說得對，說得眞他媽的對。

我沒有打電話給葛桔，解釋或者道歉，雖然我身體裡的每一個細胞都在吶喊著該這麼做：打電話給她！解釋或道歉，或者乾脆就告白，然後在一起！

可是我不知道該怎麼說，也不知道該不該這麼做，我甚至不曉得該怎麼開口？我以前打給她的第一句話都是怎麼開口的？我忘了。我還沒有想好，我的心情差透煩透亂透，我想給自己買張機票也去看極光，單程票，不回來。反正事情只會越來越糟，我們何不就乾脆逃跑？

我想活在世界的盡頭，背對著世界活。我不想面對任何人，我還沒有辦法面對任何人，無論是葛桔，或者是小艾，尤其是我自己。

我也沒有去這星期日下午的聚會，喝兩杯啤酒，吃他媽的薯條，面對著小艾，繼續假裝我們只是好朋友。這是我第一次缺席，整個下午我哪也沒去就只是攤在床上瞪著牆上的時鐘一分一秒走過，然後雖然明知心會痛、但仍然無法自已的心想：那對兄妹現在是不是就坐在那個我們向來坐著的老位子上面？一邊喝著啤酒、一邊嚼著薯條，然後納悶我是遲到還是缺席？我懷疑他們會花多少時間討論我的缺席、爲什麼缺席，我懷疑他們會不會介意？又或者他們其實根本就是鬆了一口氣：那個不懷好意的死纏爛打鬼終於放棄了哈哈！他們是不是還會爲此乾杯？

他們連通電話也沒打來問，我這幾個月的星期日下午確實是白白浪費了，去他媽的結果不重要，過程才美麗，去他媽的。

直到時針走過六點，我才終於起身，然後告訴自己：好，安全了。

這幾天我的電話響過幾次，好幾次，可是我連一通也沒有接起，因爲打來的人我不想要跟他們講話，而我願意接起的對象他們都沒有打來。

他們一直打我的手機直到星期四才終於放棄，認清我這次是眞的火大了鐵了心拒接電話之後，他們開始改變策略。

星期五下午我收到阿逵傳來的簡訊，簡訊的開頭很明顯是想故作輕鬆裝沒事的說道：好啦，是我們不對，玩笑開過火了，不過你也不需要這麼絕吧？然而隨即話鋒一轉，我可以想像阿逵在手機面前垮了下來，簡訊的後半段是他很明顯害怕的表示：氣消了打通電話來啦，看要怎樣隨你敲詐咩？朋友沒幾個了，不要這樣啊。

我還是沒有回阿逵電話或簡訊，不過火氣是真的消了大半。

同一天晚上胖打一聲不響的買了宵夜來，正確的說法是胖打買了宵夜放在管理室然後就很俗辣的跑掉了。

『一個胖胖的男生要我轉交給你，』當我下去拿宵夜時，管理員伯伯隔著老花眼鏡告訴我：『他看起來很緊張的樣子。』

我忍不住檢查這袋肯德基裡有沒有留下什麼小紙條，我甚至把餐巾紙都攤了開來看。

「他有說什麼嗎？」

『不要浪費食物算嗎？』

我忍不住笑了出來，這用食物道盡一切的死胖打。

接著是星期六中午，當我醒來之後走出房間時，赫然發現李國慶居然好端端的坐在餐桌旁陪著我媽一邊包水餃一邊話家常，自在的彷彿他三不五時就會跑來找大毛玩而且幫牠洗澡，更別提早上才和我爸去打完高爾夫所以順便留下來吃午餐然後下星期他還準備好要跑去給我老姐接機。

『你終於醒啦、兒子。』

可能是考慮到李國慶在場的關係，否則我老媽通常說的會是：你要不要乾脆就睡死在房間裡算了？

『這是你國中同學，你記得嗎？』

「我的國中同學，我現在想起來了。」我說：「嘿，裝熟魔人。」

『喔，哈哈。』

「你來幹嘛？」

『我記得我兒子在國中的時候是很有禮貌的孩子。』

「媽……」

『好啦，你午餐就吃水餃好了，剩下的記得放冷凍。我要出門了。』然後，差很大：『既然放寒假回家住，沒事就過來一起吃飯嘛、李同學。』

『好的，謝謝何媽媽，路上小心喔。』

誰來殺了我？誰！

等我媽一關上大門的同時，我說：

「你整個搞錯了，你應該走師奶路線的。」

『是啊，所以等葛桔中年之後——呃……』然後他開始結巴：『鬧過頭了、我們很抱歉，不過我們已經向葛桔道歉了。』

「喔。」

『也跟她解釋這一切都是我們亂開玩笑鬧過頭，不是你的本意，你只是被我們灌醉了而已。』

「喔。」

『你可能是還在氣頭上所以沒有興趣聽，不過胖打這主意不錯，我們昨天晚上帶了衣架和我們的屁股去讓葛桔打。』

我笑了出來：「神經病。」然後我問：「她有打你們屁股嗎？」

鬆了口氣似的，李國慶這才恢復了平時的語調，說：

『當然沒有，她人是眞的好，不過她同意讓我們請吃晚餐賠罪，吃到飽，就是我們上次去的那一家。』

「就是我們總是去的那一家。」我說：「就知道你們打的其實是這鬼主意。」

『喔、不是，眞的。』李國慶說：『你還是有機會的，雖然葛桔沒有明確的說，不過我們感覺起來是這樣。那，所以？』

「所以什麼？」

『你要去找她嗎？我們有先刺探過了，她今天下午應該沒事在家。』

「去找她告白嗎？」

『或者解釋清楚。』李國慶笑咪咪的說：『或者解釋清楚，然後告白。』

「……」

『對於葛桔，我想你還是有機會的。』

最後，他這麼說。

第十二章

說完之後，我告訴他：

「如果我夠理智的話，我現在就不會是坐在這裡和你喝啤酒。」

聽完之後，他告訴我：

『如果我夠理智的話，我現在就不會讓你坐在這裡妨礙大胸肌型男來搭訕我。』並且：『你喝的明明是可樂。』

「重點不是可樂或啤酒好嗎？」沒好氣的，我說：「而且我放眼望去，連個男的都沒看到，更別提什麼猛男。」

『這就是爲什麼我還繼續讓你坐在這裡，哼！』

「呸。」我問他：「那個高中生咧？」

『喔，那個打工的。』

「什麼打工的？」

『做三休一，你忘了？』

「我沒忘。怎？」

用食指順了順長睫毛，泡泡這才說：

『那次和小傢伙約會完之後，泡泡我呀就決定當作是打工好了。』

「這整句話裡有個什麼雙關語是嗎？」

『是的沒錯。』

受不了。

「我眞後悔我這麼問了。」

不理我，泡泡繼續說著這我後悔問了的話題：

『當然也可以說是當義工。』這話泡泡想了想，然後他老子萬分同意的讚賞：

『嗯，對！說成是義工果眞比較恰當。』

「我們可以結束這個話題了嗎？」

『那好吧。』

我們於是沉默了下來各自喝著啤酒和可樂，在這完全沒有因爲話題中斷而尷尬、反而還有點感覺也不錯的自在沉默中，我滿難過的意識到：我們好像已經不但是朋友，而且還可以稱之爲是很熟的朋友，好朋友。

天啊！我和泡泡？好朋友？殺了我吧！

搖搖頭，把這複雜的感覺從腦子裡揮走，我攔截住泡泡再度搜尋這屋子裡有沒有大胸肌型男的目光，問：

「小艾今天怎麼沒來？」

聳聳肩，泡泡沒有回答我，把話題丟回給我：

『那你上星期又怎麼沒來？』

心情不好所以不來。

「家裡有事。」

『我們還以為你是丟下我們跑去和葛桔約會呢。』

「沒有哇。」

『知道啦。』

我也不想要口氣聽起來很在意的樣子，但沒辦法我就是很在意的問他：

「而且你們也沒有打電話給我啊。說不定我是在來的路上出車禍了，朋友是這樣當的嗎？」

『因爲我們以為你是在約會呀，所以不方便打電話打擾嘛，這點做人的基本禮儀泡泡我還是有的喲。』

「但我不是在約會啊。」

『所以我說我現在知道啦。』

「我們到底要重複這狗屎對話到什麼時候？」

『到天荒地老你看怎樣？』

「吃屎吧你。」

泡泡好不得意的開懷大笑之後，才終於肯說：

『小艾覺得你好像在生她的氣，所以今天就不來了，而本來我也不想來了因爲想說你可能今天也不會來了，但我又想、一個人坐在這裡喝啤酒搞不好會被搭訕所以——』

打斷他，我問：

「我幹嘛要生小艾的氣？」

『我怎麼知道？是你生她的氣又不是我。』

「可是我沒有生她的氣啊。」

『所以我現在知道啦。』

「所以我們又要重複這狗屎對話直到天荒地老嗎？」

泡泡這次沒有得意的開懷大笑，泡泡反而正正經經的看著我，說：

『有，你在生小艾的氣，而且你很氣，只是你自己沒發覺而已。』

「請解釋我爲什麼生小艾的氣而且很氣只是我自己沒發覺而已。」

『因爲你很氣如果不是小艾的話，你早就和葛桔交往了，搞不好還高興的掉眼淚哩。』

往下沉，我的心直往下沉，因為泡泡說得對，說得眞他媽的對！

『所以那天我們就在聊啊，你果眞是乾脆丟下我們直接跑去和葛桔約會了，因為你終於想通了。』

「我們。」

『什麼？』

「你剛剛說我們。」

『是呀，怎樣？』

「你們早就知道了？你和小艾？」

無視於我幾乎就要崩潰的表情，泡泡自顧著說：

『一開始就知道啦，第一次見面的時候。那時候我們還以為想要追小艾的人是你，而那個——呃，忘記他名字了。阿達？』

「阿逵。」

『對，阿逵，是這名字。』泡泡繼續說：『而阿逵只是你帶來作為掩護的炮灰而已。』

「並不是，眞的是阿逵纏著我幫他介紹小艾，我還因此被請吃一客西堤。」

『但你那天看小艾的眼神簡直就比阿逵更想要吃了她。』

太好了，原來一直被蒙在鼓裡的人不是小艾而是我，太棒了，我想放聲大哭也想縱聲大笑，實際上我想要同時大哭或大笑。我想要直接瘋掉。

「那小艾爲什麼還肯和我見面？她不是會封殺所有想追她的人嗎？」

『你幹嘛不自己去問她？』

賤賤的笑了起來，泡泡說：

『而且呀，不是泡泡我在說，如果我是你的話，就不會還坐在這裡喝可樂瞎扯淡了。』

小艾在家，這不意外，不過我比較意外的是，她居然正打算出門。當我們在門口遇個正著時，她劈頭就問：

『你來幹嘛？』

好，我現在知道這句話聽起來有多麼惹人厭了，我發誓從此我再也不會對任何人說這句話。李國慶對不起。

「總不會是特地跑來借廁所吧？妳要去哪？」

『7-11買牛奶，我正要煮咖啡。』

「也對，總有個什麼是網路上買不到也沒辦法立刻送貨過來的，就例如牛奶。」

小艾笑著瞪我，我的心差點酥成洋芋片。

7-11，買牛奶。

『你不是去約會嗎？』

「妳是指上星期日還今天？」

小艾又瞪了我一眼，不過這次她眼裡沒有笑。我喜歡她眼底的笑，喜歡到願意用我所擁有的一切來交換，笑我傻吧我不介意。

不介意。

「好吧，如果妳硬是要認爲上星期日我是去約會的話，那麼我是在我家和大毛約會。」

『黃金獵犬，對吧？』

我點頭。

『等一下記得叫我拿吸水毛巾給你，洗狗應該很好用。我一直要拿給你又一直忘記。』

「購物台買的，我記得，我那時候在旁邊看著妳打電話訂的。」好久以前的事了、感覺上，而且我還感覺到的是，小艾又想把話題扯開了。她爲什麼總是要避開？她爲什麼要害怕愛情？

我告訴她上星期日我整個下午都躺在床上因爲宿醉，我身體很不舒服而且心情很不好，我告訴自己再也不要喝酒了可是今天我卻還是依舊跑去找他們喝啤酒，爲什麼？

「爲什麼？」

她沉默。

「正確說來是我看著泡泡喝啤酒然後我喝的是可樂，而且順便告訴妳，光是坐在那裡看著泡泡喝啤酒我都覺得頭昏了。妳今天爲什麼沒有來？」

『等我一下。』

指著站在7-11門口的流浪漢，小艾說。

接著我看見小艾輕快的跑進7-11裡面，沒花多少時間就拿著兩包菸和一袋麵包還有罐泉水走了出來，她八成也看到了我臉上的疑問，不過她什麼也沒說，她只是把那兩包菸和麵包交給流浪漢，接著我看見他向小艾點點頭，彷彿是在說無聲的感謝。

然後他就走掉了。

『我常常在這裡遇到他，應該是住這附近的流浪漢吧。』

不等我問，小艾就開始說。

第一次看到這流浪漢的時候，她的感覺是厭惡，那麼髒又那麼臭，而且好手好腳的為什麼不把自己梳洗乾淨去找個工作？接著她感覺到害怕，搞不好他是個有前科的罪犯、出獄之後因為無家可歸所以終究變成流浪漢。她把這件事情告訴泡泡，而泡泡提醒她既然如此就多走一點路到另一個方向的全家吧。

小艾聽了泡泡的話這麼做。然而她在全家也遇到他，有一天還遇到他兩次。

『就是那同一天的事。』

小艾說。

那天下午她到7-11去取貨，遠遠的就看到這流浪漢站在門口、對著打開的自動門小小聲的告訴著店員什麼，而姿態是抱歉。

『好像他對於自己的存在感覺到很抱歉。本來我以為他是問店員能不能拿紙箱還空瓶什麼的去換錢，但走近一聽才知道原來他是想要買包菸。』

但為什麼不直接走進去就好呢？還能順便吹冷氣不是嗎？這是她當下的疑問。

接著黃昏時刻她去到全家買牛奶準備回家煮咖啡時，再一次的遇到他，同樣是站在門口，同樣是不敢走進去，而這次他買的是麵包。而且每一次他頭都低低的不敢和別人的眼神接觸。

生而在世，我很抱歉。小艾當下想起《令人討厭的松子的一生》這部電影裡的這一句話。

『然後我就明白了，他可能是覺得自己很臭又很髒，覺得自己不配走進去那樣的地方吧？我覺得……心底好像有個什麼融化了。後來只要我遇到他，就會像這樣幫他買東西，不過我們從來沒有講過話，而且他還是不敢抬頭看我，不過感覺得出來，他比較不怕我了。』

「妳不介意他從來沒跟妳說過謝謝嗎？」

『我比較想建議他到舊衣服回收箱裡去找些沒破掉的衣服穿，』小艾半開玩笑的說：『他的褲子都破了，而且我還滿驚訝他居然有穿內褲的。』

「呃……」

『而且其實不是每句話，它都必須說出口對方才會知道。』

不是每句話，都必須說出口。

凝望著我，小艾說，小艾開始說：

『就好像我不會跟你說抱歉，或感謝，雖然我心知肚明這兩者我都應該說，跟你說。我很抱歉我其實知道你一直喜歡我、可是我卻一直假裝不知道；我很感謝雖然我一直只把你當個普通的朋友但你卻還是願意每個星期日下午陪在我身邊、以普通朋友的姿態。不像其他的男生那樣，我遇過的那些男生，他們只想要談戀愛，Yes or No，只能二選一，然後就走掉。

『可是我不要，不要跟你說，抱歉或感謝。因爲我相信前世今生，絕對的那種相信。我就是要欠你一句抱歉還有一句感謝，這樣我的下輩子才能夠繼續認識你，可能是朋友，或者其他的，不管。』

「只能這樣嗎？誰規定的？」

『我。告訴你，我沒有很喜歡以前的自己，也沒有很滿意現在的自己，我甚至沒有很期待未來的自己，我只想要像那個流浪漢一樣，一個人安安靜靜不打擾任何人的默默活著，不行嗎？』

像是下結論似的，小艾突兀的這麼說：『而且，葛桔比較適合你，換作我是你，我也會選擇她。實際上如果我是男生，我也會去追她。』

「但妳不是男生，而且妳也不是我，所以妳幹嘛幫我做決定？」

『……』

「妳爲什麼要這麼害怕感情？妳只談過一次戀愛，妳不能以偏概全。」

『兩次。』

「什麼？」

『還有一次我沒告訴你。』

去年的事情而已，小艾說。

和高中那次不同的是，這一次小艾是認眞的，是她眞的喜歡這個男生。她第一次覺得被喜歡不是一件討厭的麻煩而是一件好事，幸運的事；她第一次能夠明白爲什麼每個人都想要戀愛，愛情很好，當時的她是眞的這麼認爲，打從心底這麼認爲。

『可是後來還是不行了，他太陽光太外向，他喜歡往外跑，衝浪和旅遊，我不想失去他，我眞的很愛他，可是沒辦法，假裝久了並不會成眞，只會對自己越來越生氣而已，只會讓感情終究劃下句點而已。』

句點是他們第一次的出國旅遊。

目的地是東京，而他興奮死了，陪著小艾在家裡看了那麼多那麼久的電視購物之後，終於能夠出去走走透透氣而且是一起出國玩，他開心得不得了。

但小艾卻不。

『好丟臉，在飛機上我就哭出來了。』

「為什麼？妳怕搭飛機？」

『不，不會，高中的時候我去過美國參加我媽媽的婚禮，不過那次有我哥哥陪在身邊一起，所以感覺還好，所以我才會覺得這次應該也差不多。可是不知道，才一上飛機，我就開始想家了，我一直悶著不想講話，一直告訴自己忍一忍就過去了，反正才四天而已，可是他一直問我怎麼了不開心嗎？其實他那時候只要不理我、假裝在睡覺沒看到就好了，因為他越是問我就越是心情差，後來忍不住就哭出來了。

『回來之後我們就分手了，當他說我們可能眞的不適合然後提出分手的時候，我反而沒有哭或者覺得丟臉還是生氣什麼的，我反而覺得鬆了一口氣，感覺好像解脫了。我想我是眞的不適合戀愛。』

「……」

『眞希望能有愛情立可白，讓我們能夠修掉不好的回憶。』

「那愛情還有什麼意思？」

『……』

「你們認識多久？」

『什麼？』

「你們認識多久然後談戀愛的？」

『不到一個月。幹嘛？』

「我不是他，」我說：「我已經認識妳夠久了，而且不騙妳，從認識妳的第一天開始，我就每天每天的幻想著我們談戀愛的畫面。

「我承認剛開始我想像的畫面就是他那樣，能夠帶著妳到處吃喝玩樂、讓每個地方每個角落都留下我們的足跡和回憶，那會是一件多麼美的事情。

「可是越來越了解妳之後，我明白那是不可能的事情，所以我開始修正自己，不是修正自己不要愛妳，而是修正自己幻想我們交往的畫面。」

『宅在家裡吃飯看電視？』

「還有喝咖啡，妳也滿會煮咖啡的。」想了想，我又說：「喔，還有其他別的事，不過我想在這裡大概不方便說。」

小艾瞪著我、再一次，是眼底漾著笑意的那種，我願意用我所擁有的一切來交換的那種笑。

『這樣值得嗎？』

「我不知道值不值得，我只曉得認了認了。」

她笑了出來。

「而且我不是只有愛情，我還有朋友，當妳想要宅在家裡看電視購物而我眞的眞的很想出門打球或旅行的時候，我總是有人可以找，妳記得阿逵嗎？最初想泡妳然後一眼就被妳打的我那個朋友。」

『還有胖打。』

「對，還有胖打。順道一提，還有個國中同學李國慶，陰魂不散的裝熟魔人、背後靈簡直是；他今天中午甚至跑來我家陪我媽包水餃，我十分確定國中畢業之後他就沒再來過我家，可是他看起來卻比我還像我媽的兒子。

「可是這不是重點，重點是我想說我很高興我並沒有一開始就冒冒失失的告白，這點我得謝謝槍下魂阿逵還有很慶幸當時一起和泡泡去尿尿的人是我——」

『那是怎麼回事？什麼東西一起尿尿？』

「這事說穿了其實也不重要，可以留著以後再告訴妳。反正重點是，雖然我一開始就愛上了妳，但直到有足夠的認識、知道怎麼跟妳相處，而且也明白到儘管有所謂更適合的女孩出現我眼前但我要的就是妳，我愛的就是妳。我眞的眞的希望我們可以是朋友，但也不只是朋友。

「而妳沒有妳想像中的那麼不值得愛，不適合愛，妳的優點很多，妳燒得一手好菜，也煮得一手好咖啡，雖然妳很宅可是妳並不是懶，妳很喜歡做家事，而且、抱歉，這點我是剛才才發現：妳很善良。

「可是妳卻偏偏要放大妳的缺點、忽視妳的優點。而且我們到底要站在這裡對著牛奶聊天多久？可以去結帳了嗎？」

『好啊。』

「所以意思是？」

『所以意思是你要過來喝杯咖啡嗎？』

「意思是我們可以不再只是朋友嗎？」

小艾只是漾著笑，什麼也沒說，然後她牽起我的手，我們一起走。

—— The End ——

》再次收錄《文字以外的橘子，和你們

October 25, 2009

寂寞不會

寂寞不會傷害你，但你自己會。

我不想騙你明天還會更好尤其是下一個情人會更好

但無論如何

別自殺

要活著

因爲一切，是眞的會過去。

回覆

1樓

沒錯！那是過渡期，每個人都有最低潮的時候

但請千萬不要傷害自己的生命　因爲那是世界上最笨的選擇

也同時代表你輸給了自己　所以請好好加油！！！！

pinky8640 於 October 25, 2009 11:28 PM 回應

2樓

雨過後會出現彩虹　痛苦會過去 美麗會留下^^

coco6327aaa 於 October 25, 2009 11:39 PM 回應

3樓

哇~看了一段橘子的書之後想說來逛逛你的網誌　沒想到就看到這麼受用的話
眞是太開心了

satanmikl 於 October 26, 2009 12:05 AM 回應

5樓

要是死了一切就沒有意義了　不可以，我不要……

shu0808 於 October 26, 2009 12:08 AM 回應

6樓

寂寞眞的不可怕！可怕的是不懂怎樣面對寂寞
也許感情有挫折　親情有挫折　或是友情有挫折　但只是挫折不是嗎？
跌倒了　再爬起來　難過了拿張面紙擦一擦眼淚　世界很美好
有時想想那些天災造成的傷害吧　那些人都努力的要活下去呢！

myloved0628 於 October 26, 2009 01:12 AM 回應

8樓

人的一生總是會到盡頭 只是看你怎麼利用這過程的時間

這過程的好與壞 全看自己的造化了　自殺只是逃避現實該面對的『瑣事』

要是每個人都想這樣　那眞的遇到困難不就幾條命都不夠用

f30833209 於 October 26, 2009 05:16 AM 回應

9樓

打敗寂寞　一個人也可以好好過

highness0707 於 October 26, 2009 08:45 AM 回應

14樓

很驚訝！！　我剛好分手　正在過渡期　一點進來　就看到這個

正如橘子書上所寫過的　寂寞並不可怕　是我們把寂寞想像得過於可怕！

C0989420778 於 October 26, 2009 02:21 PM 回應

23樓

所以不要放棄自己　其實，寂寞也是一種享受

y1992719 於 October 26, 2009 06:25 PM 回應

30樓

寂寞　其實就是種享受

bgirl5118 於 October 26, 2009 08:56 PM 回應

33樓

寂寞不是所有　但是失去生命 等於一無所有
有些人總是不懂 所以 以傷害自己來作爲結局
我眞的也不懂　已經被傷害了 爲什麼還要讓自己更痛

amy723 於 October 26, 2009 09:12 PM 回應

34樓

是啊……努力活著比什麼都好 不要因爲太難過而傷害了自己
自己傷心……也害得愛自己的人傷心 寂寞啊 或許是我的好朋友也不一定

j3037400 於 October 26, 2009 09:50 PM 回應

37樓

寂寞有時候可以很自我　但是好像 太自我了又變得很孤獨

justbeleaf 於 October 27, 2009 08:39 AM 回應

47樓

有些事會過去　活著就會有新開始

amy2096 於 October 28, 2009 01:56 PM 回應

52樓

打敗寂寞我相信可以

smile9018 於 October 30, 2009 09:58 AM 回應

56樓

只是時間問題　久了　曾經以爲過不去的　卻也都過去了

yogafish0731 於 October 31, 2009 03:15 AM 回應

69樓

會過去。我也希望著

nina51236 於 November 3, 2009 10:06 PM 回應

72樓

曾經傻過才知道那沒意義

活著還可以克服傷心　死了只能睡棺材XD

cacy60724 於 November 5, 2009 06:53 PM 回應

87樓

在我失戀的時候，橘子的這篇網誌，救了我，眞的。

hildacut 於 August 24, 2010 04:18 PM 回應

89樓

我也不想騙自己　但無論如何
還是要活著　會活著

ariel1215 於 August 29, 2010 03:49 PM 回應

91樓

一個人有一個人的好　兩個人有兩個人的快樂
但是　失去愛情不等於失去自己
如果勇敢接受寂寞　享受寂寞 傷痛都會過去的
總是在愛裡丟了自己　然後失去後才清醒
一個人的寂寞也是種快樂　一個人的自言自語　一個人的旅行
無論怎樣　一個人也是可以很幸福的活著就好
幸福不多不少剛好夠用　活著其實很好 很好

only820 於 August 29, 2010 04:10 PM 回應

94樓

或許我們都要學會寂寞　或者不讓自己那麼寂寞
amy810903 於 August 29, 2010 06:10 PM 回應

95樓
同感。
有時會不經意傷害自己來掩飾寂寞（無奈啊～～）
但眞的……一切會過去
lso2841226 於 August 29, 2010 06:11 PM 回

96樓
其實我是不希望看到我的朋友受傷的
尤其是妳，陳律吟。
那時候的我們說過：
不管未來的日子有多忙，我們也會像現在一樣好。然後我發現做到這點對我們來說是有點困難的。
還記得之所以叫妳低智商　是因爲妳在生活上眞的很多地方都不懂　所以我都笑妳
但笑完之後我還是會告訴妳該怎麼做　有些事情之所以會有解答　是因爲以前我都經歷過　懂嗎？

不管是現在還是未來　妳都能勇敢面對每一件事情　因爲我會一直陪著妳。妳的好朋友，洪姵琳

a29513777 於 August 29, 2010 06:15 PM 回應

97樓

會自殺的人是眞的把愛情看得比自己重要吧

抑或者，看不開想不開不解決自己的心情

走不出來。愛到怕了，可是不勇敢怎麼愛？

friend50226 於 August 29, 2010 06:19 PM 回應

98樓

眞的。總以爲現在『她』是最好的……

但其實不是……她只是經過你人生的一個陷阱罷了……

眞的。別自殺別把剩下人生的快樂丟棄。

眞的。她沒那麼好只是你還沒發現別人的好罷了……

眞的。別自殺。

眞的。雖然寂寞是痛苦的。但寂寞就是如此的折磨人…

n3482321 於 August 29, 2010 06:32 PM 回應

99樓

單身　而寂寞　但

想愛卻不想被愛。

contradiction.

n3482321 於 August 29, 2010 06:38 PM 回應

100樓

寂寞和孤單是不一樣的。

寂寞，是就算一群人待在一起，一起開心歡笑，卻、還是可以發現，你寂寞。

寂寞的懂寂寞的眼神。可，愛上寂寞的人　卻懂寂寞是種享受。

海水很藍、天空很寬、世界很大，時間最後還是會帶走惆悵。總是要期待低潮過後的雨過天晴！

橘子小說振奮人心賺人熱淚　總是寫進心坎，看了就會覺得，心有戚戚焉，然後，原來還是有人懂。

love15love32 於 August 29, 2010 06:45 PM 回應

101樓

一個人的夜晚總會想很多　不知道哭過幾回　大概是因爲寂寞……可是睡了一覺醒

來又好像從沒發生過　反正日子總是得過　所以不如往好處想吧！

我偏愛熱鬧的氛圍　因爲我害怕寂寞　但是我卻享受一個人的寂寞

因爲我並沒有很多時間可以寂寞　還有很多愛我的人陪我

所以寂寞可以是種享受　雖然感覺不是那麼的好　但還是值得珍惜不是嗎？

有的人天生適合寂寞　可能我就是那種人吧！

lollipop915 於 August 29, 2010 06:50 PM 回應

103樓

在黑夜裡享受寂寞，何嘗不是一種幸福？

Lov121 於 August 29, 2010 06:52 PM 回應

104樓

五憨我愛你們 :D

記得然後遺忘　也許我還沒能眞正釋懷

希望可以看到更多橘子的作品 :)

謝謝橘子 :D

媚 Mei.

prk4232 於 August 29, 2010 06:53 PM 回應

105樓

怡純～！

要加油喔！別讓你爸傷害你的家人，還有你自己　還有還有就是別傷害自己……有問題可以找我好嗎？

雖然我不是你的男朋友　但你該知道我很愛你的　大家也很愛你

加油

Anubis666 於 August 29, 2010 07:10 PM 回應

106樓

聽著歌，想著你

寂寞。然後，還是寂寞……

miniafang 於 August 29, 2010 07:17 PM 回應

108樓

對O說：

適時的放手是最明智的決定，我堅信。

過了一年、兩年、三年或許更久　當初的那些無理取鬧都會覺得幼稚又愚蠢。

沒錯，自以為你也是個大人　自以為你懂我的感受　你說自以為的那個我　認了。

對甭・瘋・希・姐，還有my friends說：
我愛你們七百億萬年
無論過了多久我們的感情絕對堅忍不拔！謝謝橘書的存在

a21123 於 August 29, 2010 07:49 PM 回應

109樓

或許就是因爲太過寂寞　無法度過沒有人陪的日子　才選擇這種方式吧……
但卻沒想到　後果會多嚴重　嚴重到自己都想不到　所以有時候寂寞只是一時的
請愛惜生命啊！

A3Ac 於 August 29, 2010 07:55 PM 回應

110樓

喜歡橘子不到一年到我想應該一年了。在基測時期還是會偷偷跟同學交換小說。
第一本交換來的小說是《我想要的，只是一個擁抱而已》那本書已經看了好多次，還回味無窮。

切入重點，喜歡橘子。

我想不只是在於封面與眾不同、還有那個令人尋味的楔子。讓人想要打開書本，然後帶走它的衝動。

一直都很喜歡這種衝動，也只有橘子會讓我有。文字從頭到尾都是很淡很淡，輕輕地帶過所有悲傷愉快的故事。

可在無法終止的文字上卻有了情感。

讀者在優

lovebabysky 於 August 29, 2010 08:00 PM 回應

111樓

寂寞不可怕……可怕的是把自己推向寂寞……

kone172 於 August 29, 2010 08:05 PM 回應

112樓

對公企鵝還有珊兒說：

屬於我們的天空，要好好珍惜

星星，代表三個人的友情　會永遠愛你們，也永遠支持

謝謝橘書的陪伴 :)

Smilecheery 於 August 29, 2010 08:07 PM 回應

116樓

我想對阿牛說：

謝謝你一直陪著我，一路走到現在，雖然我那時候被傷得很痛，你卻靜靜的一直陪在我身邊，不會讓我感到寂寞，

當你對我說出『我喜歡妳』這句話時，我眞的有嚇到！因爲我一直把你當朋友，只是不知道你喜歡我這件事。

現在的我，不會再痛苦下去，因爲我知道你在我身邊，我們曾經說好的，要一起到永遠。

阿牛，我愛你。

橘子姐，我很喜歡妳的書，妳寫的每一本書我都很喜歡，加油！

By紫櫻

w7e1n1d1y14 於 August 29, 2010 08:11 PM 回應

121樓

「記憶有限所以它會淘汰壞的……」

有時候相信「會過去」眞的是一股很大的力量　即使傷心的畫面還在，情緒會歸爲平淡……依舊能放下它

活著終究是很美好的事情，能感受到各種情緒各種感覺，都是相當值得珍惜的，而生命的句點交給上天去畫上。」

To巨蟹男

每天晚上上線就是想看你在不在　每次和你聊天都要拚命想話題
每當你說晚安都能引起一陣失落　我的心情像是坐雲霄飛車一樣忽高忽低
這次眞的眞的盪到谷底了……
我會一點一滴的放下這種單戀　即使從來沒有人知道我的這份心情
我喜歡你，但我更希望你跟她能幸福

ertn213681 於 August 29, 2010 08:27 PM 回應

122樓

是呀 結束是一個新的開始 就勇敢的去創造屬於自己的愛情吧
愛情是一場不褪流行的時尚　而你只不過是還沒找到屬於自己的經典罷了
近遠幻眞　愛情會使歲月無比燦爛　虛實眞空
歲月的縱容讓愛閃閃發光

melody770520 於 August 29, 2010 08:29 PM 回應

123樓

寂寞的時候不要愛，因爲你怎麼知道，你愛上的，是不是寂寞？
有那麼點老套並且通俗，不過還是很想表達一下……感謝橘姐給這個機會

yy78921 於 August 29, 2010 08:31 PM 回應

124樓

寂寞很簡單：）　活著是很好的一件事

wl02757045 於 August 29, 2010 08:33 PM 回應

125樓

盧明君 我喜歡你

online416 於 August 29, 2010 08:34 PM 回應

128樓

寂寞只是一種感覺而已 過了就好了。

Venny、Kelly　我們的未來一定要實現。

yogi6072 於 August 29, 2010 09:15 PM 回應

129樓

寂寞。死不了就還好，要等一切過去 也要時間

不一定大家都能撐到那時候

妳沒說再見，這本書眞的很棒

zong3132 於 August 29, 2010 09:17 PM 回應

130樓

我想向小蔡說　我曾經很喜歡你

綺

a9b8c712300 於 August 29, 2010 09:36 PM 回應

131樓

死了什麼事都做不了

活著至少還可以遇到更好的人

Bemmei 於 August 29, 2010 09:39 PM 回應

133樓

嗯～不管過程有多痛苦，一切都會過去的，這段話送給現在正看著這段文字的妳，希望一切都會變好！！加油～

a851113g 於 August 29, 2010 09:47 PM 回應

134樓

越愛卻越 寂寞　越堅持卻越 折磨　越不放手越不清楚手上握的是什麼

看不開 綁住的只是自己　放不下 只會傷了自己

不愛了 是因爲終於明白　不愛了 是因爲終於看開　不愛了 是因爲終於釋懷　不愛

了是因爲愛早已不在

還想爲了誰而留住什麼？ 傷了幾次 痛了幾次之後　終於瞭解 我該爲了自己 邁向

自由　邁向更廣闊的天空

而不是拘束在傷痛裡　更不是把自己鎖在後悔的傷痛中

8027~謝謝妳　讓我愛過妳

曾經有過的 不會等於零　傷了妳 對不起

BY~8016

eric820527 於 August 29, 2010 09:48 PM 回應

135樓

眞的 都會過去的 即使妳現在很痛……

等哪天回想起來 妳是微笑的，就眞的過去了。

沒有什麼事情是過不去的，只要妳願意。

net3929 於 August 29, 2010 10:16 PM 回應

137樓

可是寂寞好難熬　好抽象 好突然　在那個未知的剎那 出現 然後痛苦……

而且很抽象的痛苦 卻深刻而有力。

138樓

寂寞只是個感覺，只是個世界

當走出來之後 就會發現　其實這一切不過是場夢　相信雨後的彩虹 會帶給生命希望

不奢求 誰會懂

因爲橘子的文字已經替我 說出了一切　謝謝你，我愛你

w820322a 於 August 29, 2010 10:29 PM 回應

139樓

自殺不是結束　只是更糟的結果

只有活著才有希望　也才有機會遇到　下一個更好的情人

bb1993 於 August 29, 2010 10:31 PM 回應

141樓

寂寞總是會若有似無地出現在妳身邊

但，我想說　俞佳吟，我愛妳

請，不要，被寂寞牽著鼻子走

flyrainstyle 於 August 29, 2010 10:34 PM 回應

kira17218 於 August 29, 2010 11:24 PM 回應

142樓

傷害誰又或者被傷害

兩者都是種，寂寞。

candy851111 於 August 30, 2010 12:36 AM 回應

143樓

寂寞。不寂寞。其實只是一種感覺而已，

能持續多久，在於自己的心態！或許，其實沒有那麼糟！

TO 曹橘子：

每當情緒低落，備感難過，總會在那某一時刻裡，想起妳某一本書裡的某一段話，

很多言語很難形容，

但冷靜過後的事過境遷，眞的讓我深深地有體悟，還好我是現代人，還好我能細細

品嘗橘子手寫的每一本好書！

想跟妳說，創作是條艱辛的路！但我相信妳的選擇不會錯，我會期待妳的每一本好

書，當我寂寞的時候，還好有橘書！！！

橘子，謝謝妳！

我是 幸福妞！

a0911141361 於 August 30, 2010 12:54 AM 回應

144樓

習慣寂寞。孤獨成癮

親愛的花花

我在呼喚妳們　聽到請回答……

我們要永遠永遠的好下去哦！！一定，一定，一定　要一起幸福下去：）空！

m422yume 於 August 30, 2010 12:58 AM 回應

145樓

因爲你，我學會了什麼叫寂寞。常常想太多，寂寞過了頭。但，我會好好活著。

因爲我想看著你過得比我更幸福更快樂。雖然一個人還是會寂寞。可是我知道，一切都會過去的。

嘿！

謝謝你先對我說了抱歉。我知道你是我可以奮不顧身去相信的人。還有，老婆我愛你！

傻子

feather81314 於 August 30, 2010 01:02 AM 回應

147樓

寶：

我愛妳　只因爲妳是妳　我願意用我的時間來等待妳、守侯妳

貝

fuga1495 於 August 30, 2010 02:46 AM 回應

149樓

可是我卻認爲寂寞也會殺死人

v8219 於 August 30, 2010 08:07 AM 回應

150樓

TO咖哩：

跟你分開好久了　每天有一件事要做就是想你　少了你我覺得少了些什麼　少了一些熟悉

好想拉著你的手去咖啡館喝好貴的咖啡哦　好想抓著電話再一直講到電話費都爆掉了

欸我想你

BY小蜜

sweetlatae 於 August 30, 2010 09:44 AM 回應

151樓

寂寞只是個名詞

眞正可怕的 是你讓自己沉淪在寂寞的漩渦裡　如果可以自由而寂寞

那是不是也是人生的另一種面貌？

好愛橘書 =)

girl1116 於 August 30, 2010 10:28 AM 回應

152樓

寂寞。突如其來的寂寞　暫時的寂寞　過了就好

horst126 於 August 30, 2010 01:46 PM 回應

153樓

爲自己而活或許自私　但對自己是最保險的

FunCue 於 August 30, 2010 02:04 PM 回應

155樓

日子走過越多、經歷的事情越多，還有年紀一年一歲的增長之後，

回頭看看過去那些自己跨不過的，不過就只是點小事情。

所以、留著你的不明白，別自殺；等到哪一天你就會知道答案。

k78900167 於 August 30, 2010 02:15 PM 回應

157樓

這個世界上每一個生物都擁有自癒的能力，
在每一個最初，其實我們都不需要任何形式的依賴，也只是隨著時間到來、離開，才慢慢忘了自己其實的勇敢，變得需要陪伴還有慰藉。說到底，來到這個世界上，其實只是爲了變得寂寞而已。
然後再絞盡腦汁找幾個伴讓自己不再孤獨，又或者、讓別人覺得自己不再孤獨。
你說過我不准再寂寞，但是，如果眞的說了不准再寂寞　就能夠不寂寞，我願意說好多好多次。

blueeidiot 於 August 30, 2010 03:52 PM 回應

159樓

有時候覺得自己好像很寂寞……
身邊的人一個一個都找到了自己的另一半
自己卻在原地打轉　到了現在　發覺了　自己 一點也不寂寞

lovefy4597 於 August 30, 2010 04:14 PM 回應

160樓

寂寞什麼的不外乎是主觀一點的孤單吧　一個人之後的歇斯底里而已

寂寞，沒什麼好怕　因爲還能改變什麼　眞正可怕的　是自殺後的失去一切

no more chance

aa229678718 於 August 30, 2010 05:04 PM 回應

161樓

品嚐寂靜也是種樂……

phoebe860704 於 August 30, 2010 05:21 PM 回應

162樓

曾經有人告訴我　要好好享受寂寞

在《不愛，也是一種愛》裡　我發現我也是屬於只想要被愛的那個人

我想……我是該對自己好一點了　有時活著比死還要痛苦　但我正享受著這份痛苦

很期待妳的新書 Charles

ro90060 於 August 30, 2010 05:26 PM 回應

169樓

是啊！

寂寞是不會傷害　可是卻像季節性的過敏　總有特別痛苦的一段時間　但那只是過渡期而已

時間會解決一切的。是吧:)

hihibyebye11 於 August 30, 2010 07:22 PM 回應

170樓

我不會忘記相識時的感覺　雖然時間很短

但我能確定的是　那份感覺　不管多久都會一直在　有了妳　楓葉不再寂寞　有了妳　楓葉因此虹了

好喜歡這份感覺　想一直陪伴妳

Eric3484486 於 August 30, 2010 07:37 PM 回應

172樓

爲自己活著的感覺，也不賴。

love502tw 於 August 30, 2010 07:48 PM 回應

173樓

是啊……

其實人生中最需要學習的，是怎麼遺忘過去。

walkerjean45 於 August 30, 2010 08:03 PM 回應

175樓

會寂寞多半只是因爲想念　沒有理由的想念　想念過去　想念遺失的美好

從很久以前就喜歡下雨　因爲雨的聲音　像思念的聲音：）

P.S.感謝林怡臻&王囧絜……等

每次總是這麼支持我（感動ing）能認識彼此都是緣分：）如此珍貴且特別～～～

janet1994g 於 August 30, 2010 08:20 PM 回應

177樓

寂寞眞的不可怕　可怕的是我們害怕寂寞　因爲就像橘子說的　都會過去的:)

好愛好愛橘書哦:D

carol82911 於 August 30, 2010 08:32 PM 回應

179樓

自己一個人不是罪　對吧？

活在當下。

amy63 於 August 30, 2010 08:42 PM 回應

182樓

養成習慣寂寞的習慣

因爲一切，是眞的會過去。

rightkyo 於 August 30, 2010 09:23 PM 回應

184樓

當自己覺得全世界都背棄你而去　只剩下寂寞

告訴自己　一切都會過去

ychlin228 於 August 30, 2010 09:44 PM

185樓

舉杯，音樂，歌聲，不是糜爛，是寂寞的背景。在歡樂的味道下，沒人嗅到寂寞的臭味。

用兩手生啤，去掩蓋，去掩飾，騙得了在座的各位，騙不了被冷落的自己。

跨年夜最難排遣的，是沒有人牽著我的寂寞。吐出了一身腥，卻吐不出麻醉自己的暈。

steve6793 於 August 30, 2010 09:52 PM 回應

186樓

明天或許不會更好　但沒等過　怎會知道是好還是不好……

時間會沖淡一切　雖然忘不了　但是至少沒那麼痛了……

sa8632520 於 August 30, 2010 09:52 PM 回應

188樓

在寂寞的時候讀橘子的書　就一點也不會覺得寂寞了　因爲被懂得。

橘書總是容易讓人產生共鳴:)

misaki799311 於 August 30, 2010 10:14 PM 回應

189樓

寂寞只不過是一時的感覺　它不會是永遠的　寂寞是一種狀態的描述　只不過是一個人而已

一個人也可以很好，不是嗎？

happy11236 於 August 30, 2010 10:19 PM 回應

191樓

因爲遠離戀愛產生的寂寞　讓我更珍惜跟妳在一起的感動

昭昭 很高興能當妳第一位男朋友　但更想成爲妳最後一位男朋友

wilby800705 於 August 30, 2010 10:41 PM 回應

192樓

再美的愛情都會有結束的一天　寂寞並不可怕 而是種享受

期待橘姐新書:)

u38601 於 August 30, 2010 10:57 PM 回應

193樓

其實沒有男（女）朋友也不寂寞哦:))

只要不要把寂寞養成習慣　寂寞根本不可怕：D

whloven 於 August 30, 2010 11:22 PM 回應

194樓

寂寞，只是一時的感覺。

有些事情，需要時間去適應；有些感覺，需要時間去沉澱。

深呼吸，看看藍藍的天，吹過柔和的風，感受著大自然的頻率，你會發現：明天，不一定是美好的，卻總是令人期待。

pandasze 於 August 30, 2010 11:43 PM 回應

195樓

Dear動：

感謝你陪我度過目前我人生許多的難事　或許我讓你不甚滿意，但有你使我的心不那麼難過了。

謝謝你，我愛你

薰

zeo0320 於 August 31, 2010 01:41 AM 回應

197樓

寂寞從來就不吝於陪伴你　一開始肯定會難受的
但只要習慣 寂寞也可以很好 :)
有時候寂寞反而能把很多事情想清楚看清楚。

behappy0521 於 August 31, 2010 03:14 AM 回應

198樓

我想對所有愛過我的人說聲抱歉，請原諒我對愛情的不成熟還有自私，說眞的 我的愛到底是什麼我不懂。
前幾天被朋友問到你眞正愛過誰嗎；我什麼都回答不出來，
我沉默 無言以對的沉默、然後我感傷，爲愛過我的人還有自己悲哀。

v8219 於 August 31, 2010 06:19 AM 回應

201樓

雖然一個人 不是孤單只是寂寞 那享受獨處的時候吧！！
爲自己而活 就不會寂寞了~

gobby615 於 August 31, 2010 11:47 AM 回應

202樓

喧鬧的人聲　寂寞在心裡　牽手擁抱的溫度　只剩懷念

酒精的麻痺　痛沒有感覺　卻把身旁的人都傷了

一個人怕孤單 因爲還愛著　請再勇敢的等待吧:)

mystory2010 於 August 31, 2010 12:03 PM 回應

209樓

我享受寂寞，或者說 我習慣寂寞。所以寂寞對我來說不算寂寞:)

imsld 於 August 31, 2010 06:37 PM 回應

212樓

我遇見了一個獅子座男孩，他讓我學會了愛與被愛。

愛情是陷入的，這句話說得一點都沒有錯。

如果可以，可不可以讓我對著你說：

我的確喜歡你，所以我不想失去你。因爲愛情，因爲年紀，因爲你。

最後，希望當你跟我一起翻閱這本書的同時，會發現 我還在你身邊 愛你。

還有，不會寂寞了。

JJ

j22456529 於 August 31, 2010 07:06 PM 回應

213樓

寂寞　孤獨　究竟哪一個　比較難過？

常說著寂寞　然而　事實上　眞正寂寞的人才說不出口的吧？

因爲所謂的寂寞　是只有自己　才能體會的不是嘛？

e851001 於 August 31, 2010 07:18 PM 回應

214樓

時間會沖淡很多事

痛苦也會跟著過去:)

好好活著去學會享受一個人的寂寞

j8558 於 August 31, 2010 07:26 PM 回應

215樓

曾經我也有過自殺念頭好幾次好幾次

但，還是都過去了。眞的都會過去。不管是什麼。

love930104 於 August 31, 2010 08:28 PM 回應

216樓

寂寞的時候會想起好多過去的回憶　每次想到就會感傷一次　在一次的失戀裡
完全的痛心　也曾經想過死了算了　但身邊有好多朋友親人陪伴
所以慢慢走出那樣的心痛難過　也有橘子的書陪伴
每一個故事每一次深刻　總是帶來很多勇氣的支持:)

amy2399653 於 August 31, 2010 08:36 PM 回應

218樓

沒有人是眞的需要某個誰才能在這個世界上活下去。
寂寞萬歲！

fish0722712 於 August 31, 2010 08:57 PM 回應

221樓

因爲你我體會到眞正的寂寞，難受。
沒有再見的離開，沒有你的日子，我承受不住。每天都在想你每天都在流淚每天都在失眠。
你就像毒品一樣，擁有時會讓人著迷，失去時會痛苦。是我走錯了路？
別像傻子一樣活在過去。所以我選擇釋懷，因爲一切都會過去。

awdrgy230145 於 August 31, 2010 10:30 PM 回應

April 9, 2010

發了一場夢

發了一場夢醒來，時間是清晨四點鐘
窗外的雨忘記停了沒有，只記得夢還清清楚楚的繞在我腦子裡
跑。
夢的開頭是朋友到台中來探我，而我開車去接她
文心路三段，夢裡台中高鐵站變成是這裡，還有個荒涼到令人哀傷的狹小停車場
還雜草叢生
接著我們騎機車回家，邏輯在夢裡從來就不適用
到家時她才問我那車子呢怎麼辦？
夢裡我還眞的生起氣來爲什麼她不早點告訴我
我在夢裡氣壞了
是個連作夢都愛生氣的人，我
場景再換，不是現實生活中的高鐵站，不過大廳同樣的大，而我也同樣是現實生活

中那個容易迷路的自己

大廳裡有幾個人在喊我，想喊住我，我不認識他們，可是他們一直喊住我

我越走越快

走了好久找得很慌才終於看到停車場，接著邏輯同樣矛盾的是我又騎著機車回家，但和現實相符的是：我又迷路了

我騎到一段下山的大馬路，沒有人煙，我覺得好可怕，儘管夢裡的時刻是下午

我還惦記著朋友在家裡等我，我覺得時間過了好久，我想回家

我已經好幾次夢見在那裡迷路，不曉得現實中是否存在的地方，是個類似台中交流道的地方

我總夢見自己在那裡迷路，我老是夢見在那裡迷路

爲什麼？

我騎到類似東海但也可能是龍井的地方停住問人，就在一個小巷裡的店門口，我以前夢過這地方

有兩個年輕男生想要帶我走，但我不認識他們，在想著怎麼辦時，我伸手拍了拍站在他們身後的我同學

我感覺得到了解救

他就站在店的門口排隊等著用餐，他身後是另外兩位女同學，我感覺好像回到了從前

從前我們五個人總是混在一起的時光

醒來之後我的第一個念頭是：志耀怎麼不在？

然後我發現自己感冒了

於是引申出來的第二個念頭是：待會去看醫生時，要注意醫生的名字

我曾經也夢過他一次，在夢裡我伸手拍了他的我同學

我們已經失去聯絡好幾年，早已經也不存在彼此的話題裡

但那天卻突然夢見他，就在阿龐膀胱結石、而我帶牠去第二家醫院看診的前一天，我突然夢見他

結果是阿龐被誤診

後來被第三家診所建議還是得到獸醫院開刀但還好是換了人很好的王醫師之後，

站在掛號櫃檯前，我指著那個誤診醫生問掛號小姐他什麼名字

結果他和我同學的名字只差了一個字

夢都告訴我了

回覆

6樓

我雖然也有夢過預知夢……不過是畫面一模一樣！

雖然那個畫面平凡無奇，但是夢想來到現實裡又再一次映在眼前……真的只有毛骨悚然可以形容

opsine 於 April 9, 2010 11:16 AM 回應

17樓

連夢都這麼迷人……

aoj4217 於 April 9, 2010 07:19 PM 回應

25樓

聽說作夢會預知未來耶我也常常這樣

遇到我曾夢到的場景、人或事物

但我多希望每當我在夢中遇到你時，現實生活中也可以遇見你

但夢……往往跟現實有差距　尤其是夢到你的時候……

51樓

橘子的夢也好小說喔！
好小說的夢　好夢幻的小說　好橘子的橘子！

eric820527 於 August 29, 2010 03:46 PM 回應

61樓

講到夢就想到全面啓動呢～眞是神奇的東西。
在夢裡 可以更幸福一點 也可以更痛苦一點　然後帶到醒來的世界，在潛意識裡作祟著。
還有眞的很喜歡橘書喔～很期待下半年的作品

w820322a 於 August 29, 2010 08:07 PM 回應

68樓

好像都會這樣，夢了以後在未來會有相同的景象出現
讓人有種自己應該是先知還是什麼的 :'(

zhai77 於 August 30, 2010 12:15 AM 回應

87樓

清晰的臉龐，熟悉的場景　彷彿一切都回到了開始的原點
靜止的時間，心裡存在的是滿滿的幸福感！一朵朵的向日葵圍繞在身邊，那畫面眞

的好美

擁有妳，是最快樂的時光

當我睜開了眼，映入眼裡的不是妳那孩子氣的笑容　而是蒼白的天花板　果然這只是一場夢。

91樓

橘子連夢都很小說:)

*vicky703tw 於 August 31, 2010 06:00 PM 回應

92樓

作夢就是可怕，前陣子就是夢到不好的夢，好巧不巧的剛好實現。

有人說過夢跟現實是相反的　有人則說日有所思夜有所夢　誰說得準？

夢見另一半跟別人手牽手在我面前　然後過了一個禮拜就實現了。

雖然現在事過境遷一切都好轉　一切都開始慢慢的好轉起來

但是那一段記憶眞的在心中揮之不去。　在夢中更加深刻。

如果每個人都有一個五顆星　那每個人一定都會過得很幸福。

sad18830 於 August 31, 2010 06:42 PM 回應

94樓

夢，對我而言是虛僞的代名詞，在夢裡太快樂，太高興了，
醒來之後全部瓦解，一切全部破滅。
跟曾經最好的朋友在一起的美好時光，只有夢能讓我再回憶一次，
但醒來知道一切都回不去了，所以只能一直説服自己。眞的很痛苦。
也讓我作一次預知夢吧！

awdrgy230145 於 August 31, 2010 10:16 PM 回應

不只是朋友 / 橘子作. -- 初版
-- 臺北市：春天出版國際, 2010. 10
面； 公分. --（橘子作品集；25）
ISBN 978-986-6345-48-7（平裝）
857.7 99019121
國家圖書館出版品預行編目資料

不只是朋友

橘子作品集 25

作　　者◎橘子
總 編 輯◎莊宜勳
主　　編◎鍾靈
封面設計◎克里斯
行銷企劃◎胡弘一

發 行 人◎蘇彥誠
出 版 者◎春天出版國際文化有限公司
地　　址◎台北市信義路四段458號3樓
電　　話◎02-7718-0898
傳　　眞◎02-7718-2388
E-mail　◎frank.spring@msa.hinet.net
網　　址◎http://www.bookspring.com.tw
部 落 格◎http://blog.pixnet.net/bookspring
郵政帳號◎19705538
戶　　名◎春天出版國際文化有限公司
法律顧問◎蕭顯忠律師事務所
出版日期◎二〇一〇年十月初版一刷
　　　　◎二〇一四年十月初版六十五刷
定　　價◎220元

總 經 銷◎楨德圖書事業有限公司
地　　址◎新北市新店區寶興路45巷6弄6號5樓
電　　話◎02-8919-3186
傳　　眞◎02-8914-5524
排　　版◎浩瀚電腦排版股份有限公司
印 刷 所◎鴻霖印刷傳媒股份有限公司

ISBN 978-986-6345-48-7
Printed in Taiwan